# ご縁食堂ごはんのお友

## 仕事前にも異世界へ

日向唯稀

目次

ご縁食堂
ごはんのお友
キャラ紹介
イラスト 鈴木次郎
大神狼（おおがみろう）
「飯の友」店主。実体は狼。
寡黙だが物事をよく見ている。
調味料、特にめんつゆを
愛する男。
孤塚（こづか）
歌舞伎町のホストで、
実体は狐。
印象はチャラいが
性格は悪くない。
案外面倒見がいい。
大和大地（やまとだいち）
高級マーケット「自然力」の
社員。素朴と生真面目を
絵に描いたような青年。
最近、趣味ができた。

ドン・ノラ
&
鳩紳士（はとしんし）
イタリアンバルの店主。
実体は、ホンドオコジョ。
何をするにも派手。
烏丸（からすま）
実体は鴉。
大神の補佐。
ごうちゃん&えっちゃん
双子の狼ベビー。
兄貴（あにき）
孤塚を妹婿にしようとしている
ヤクザ。コワモテながら、
可愛いものが好きすぎて
時々暴走する。
未来（みら）
実体はニホンオオカミの子。
おいしいごはんを
大ちゃんと食べるのが大好き。

# ご縁食堂ごはんのお友

## 仕事前にも異世界へ

# 1

八月の夜空に、下弦の月が浮かんでいた。

「お疲れ様でした！」

「お疲れ、大和。また明日も頼むな！」

「はい！」

声をかけ合いながら、大和大地は職場の通用口をあとにした。

ほっそりとした姿に優しい面差し、かけた眼鏡に月が映る。

見た目、気弱そうにも見える青年だが、芯は強く働き者だ。

（空が綺麗だな）

今夜は遅番に、三十分ほどの残業が重なった。

それでも職場から自宅アパートまで徒歩十分という近場のため、二十三時前には帰ることができた。

「ただいま〜」

部屋まで着くと、誰が待つわけでもないのに、大和は玄関扉を開いたところで声を発した。

半畳ほどの玄関は、その半分が土間になっており、入居当時は慣れない狭さでもたついたが、今ではスムーズに上がり下がりができる。

大和は、脱いだ靴を左手側面に設置された、天井までのシューズボックスにしまって中へ入った。

短い廊下を進む左手には、トイレ、洗濯機置き場、洗い場に洗面所を兼用した二点ユニットバス。

右手浴室前には一畳程度だが、二口コンロ・グリルが設置されたミニキッチンとスリム型の冷蔵庫が置けるスペース。

そして、奥の扉を開くと、クローゼットを含む八畳ほどの洋間スペースが広がっている。

築二十年を超える十階建て鉄筋コンクリート、七階角部屋１Ｋバストイレつきだ。

また、部屋を突っ切った先のテラス窓、ベランダからは新宿御苑が見渡せる。

旧・新宿門衛所の前にある職場から、大木戸門方面に十分も歩けば、自宅アパートだ。

会社の住宅補助があったからこそ、実費五万円程度で借りられた。新卒入社二年目の大和の給料からすれば神物件である。

外観内装共に、多少の古めかしさはあるが、まったくもって気にならない。

〝コーディネートに困ったら、床とカーテンを同系色に。あとはお値打ち価格の新生活シリーズ家具を同系色で揃えて配置しておけば、あら不思議。ちゃんと整った部屋に見える。あ、ただし照明だけは小洒落たものをこっちで選んで送ってあげるから、それをつけて！　これで大概、第一印象・好青年の住まいになるはずよ！　あとは、出したものは必ずしまう！　いい、必ずよ‼〟

　ちょっと年の離れた姉の教えどおりに、言われるままに買い揃えたインテリアが、都会の一人暮らしを充実させてくれている。

　ただし、最大の言いつけたる〝出したものは必ずしまう！〟を守っていればだ。

「あ、そういえば、今日は慌てて出たんだっけ」

　大和は、部屋に入るや否や、中央に置かれたローテーブル上に出ていたコーヒーカップやポットをキッチンへ移し、洗って片づけた。

　また、ゴミになるだけなのに――と思いつつ、中を確認したダイレクトメールなどを捨てて、すっきりしたところでエアコンの電源を入れ、シャワーを浴びてパジャマ兼用のTシャツと短パンを身に着ける。

（ちょっと、お腹が空いたな。こういうときこそ〝飯の友〟に寄れたら、狼さんの美味しいご飯やおつまみが食べられる上に、烏丸さんのおもてなしを受けて、未来くんたちの可愛い寝顔も見られるのにな）

そうして冷蔵庫を開くと、昨日実家から届いた夏野菜を中心とする食材あれこれが、所狭しと詰められていた。

入りきらない分は隣の部屋で大家の親戚だという、可愛らしい老婦人にお裾分けをしたのに――。

冷蔵庫の上にオーブンレンジを置きたくて、容量控えめなスリードアにしたのが、今にして思えば間違いだったかもしれない。

しかし、月に一度の定期便たるこれらは、大和にとっては貴重な生活費補助。

それより何より、お礼電話をすることで、実家の両親や同居の姉夫婦、甥と姪の様子も窺えるので、心身のいずれをも支えてくれるエネルギー源だ。

とはいえ、今から調理となると、面倒に思える。

だが、引き出し式の冷凍庫を開くも、中にあるのは冷凍可能な実家からの野菜たち。

お腹に溜まりそうなものは、今朝まとめて炊いて小分けした炊き込みご飯しかない。

それも水分が多かったのか、若干べったりな仕上がりになってしまった上に、味も濃くなってしまった残念な品だ。

見れば、まだ四食分入っている。

「前に狼さんのところで食べた、鶏とごぼうの炊き込みご飯が美味しかったから、真似してみたけど。やっぱり囲炉裏の土鍋炊きとは違うのかな？　そもそも、豚コマと人参のあり合わせで作ったところで、まったく真似になってない？　同じメーカーのめんつゆを持っていたから、味だけでも同じになればな――と思ったのに」

首を傾げながら、ついぼやく。

自分で聞いていても、突っ込みどころは満載だが、それでもお腹の足しにはなるので、一人前を取り出してレンジにかけた。

きゅうりやトマトなら丸かじりですむが、仕事帰りの深夜には物寂しいからだ。

「あ、そうだ。卵かけご飯にしたら、気にならないかも」

思いつくと当時に、チン――と音がした。

大和はさっそく、豚と人参のべったりご飯を丼に移して、野菜と一緒に送ってもらった生卵を割った。

「大丈夫。これに旨味三昧（うまみざんまい）とお醤油（しょうゆ）をちょっと垂らしたら、絶品具入り卵かけご飯になるはず」

幼少の頃より、絶対的な信頼を寄せているアミノ酸系旨味調味料をパッパとかけて、お醤油も垂らして、箸と共にローテーブルへ。

「いただきまーす」

だが、意気揚々と混ぜて、一口頬張ったところで「ん？」と首を傾げた。

一つ一つは間違いがないはずの具材、調味料なのに、どうしてか美味しいとは思えない。

それでも、空腹に負けて、二口、三口と食べ進める。

「ん――っ」

今更だが、卵かけご飯は、ご飯が美味しく炊き上がっているからこそ絶品なのだという基本的なことを実感した。

そして、あれは白米と卵だからこその黄金メニューであって、味ご飯との相性はまた別だ。

もともと卵かけを前提にして作られた炊き込みご飯ならまだわからないが、一品料理として作られた、それも炊き上がりが残念な味つけご飯となると、こういうことになる。

「いっそ、次はこれを焼いてみる？　海苔とか加えたら、また違う？　あ、おじやにすればよかったのか！」

誰も突っ込む者がいないので、一人であれこれ考える。

だが、このままいくと、どうもアレンジャー系の飯マズになりそうだ。

何より人間の脳とは不便なもので、一度〝美味しくない〟〝失敗した〟と認識してしまうと、そこから焼こうが煮ようが〝やっぱり美味しくない〟と認識されがちだ。

それこそ他人がどうにかしてくれるならまだしも、美味しく作れなかった自分がこの上何をしたところで、美味しくなるはずがないという思い込みも生じるのかもしれない。

ただ、そうした脳の記憶や錯覚を抜きにしても、今夜の卵かけご飯は微妙だった。

食べられなくもないが、美味しくないのは、一番踏ん切りがつかずにモヤモヤするパターンかもしれない。

いっそ「まずっ！」と言いながら「でも、もったいないから食べよう」のほうが、まだ納得がいきそうだ。

「よし！　明日は〝飯の友〟へ行こう！　もう、この行き場のない残念感を払拭できるのは、狼さんの美味しいご飯と烏丸さんの最高接客、そして未来くんたちの可愛い笑顔しかない！　抱っこして、ぎゅーして、撫で撫でするぞ！」

結果、大和は出勤前外食を決めて、使い終えた食器を洗って片づけた。

これ以上、余計なことは考えたくないので、歯磨きを終えたらスマートフォンの画像をチェック。

以前撮った豆柴の幼犬＆ベビーにしか見えない未来・永・劫を眺めて、ニンマリ。

気分を回復させてから、眠りについて明日を待つことにした。

ただし、冷凍庫の中に、まだ残念な炊き込みご飯が三食分ストックされている現実は、変わりようがなかったが――。

## 2

残念ご飯で凹(へこ)んだ気分は、美味しいご飯で！

大和は気分を回復するべく、昨夜から幾度となく口にした〝飯の友〟という名の食事処へ行くことにした。

(今日のランチはなんだろう。そもそも夕方から夜の十時までしかやってないのに、〝そっちは遅番早番といった縛りもあるだろうし、まかないでよければ出すから、いつ来てもいいぞ〟って。狼さん、男前すぎて嬉しいよ～)

食後はそのまま出勤するために、必要最低限の品だけを入れたリュックを背負って、軽快な足取りでアパートから一路、旧・新宿門衛所へ向かう。

しかし、この〝飯の友〟、普通の食事処とは大きく違った。

新宿御苑に扉を設(もう)けた〝狭間(はざま)世界〟と呼ばれる異世界にあり、店を切り盛りしているのが人間や獣人に変化(へんげ)ができる店主のニホンオオカミで、接客は鴉(からす)。

また、この店を常連とするのも人間界で変化して働き、生活している狐(きつね)や狸(たぬき)といった変化できる妖力を持つ動物たちが大半なのだ。

当然、初めてこれを知ったときには、夢かうつつか幻か？

これが世に言う、あやかし？　などと、大和も首を傾げた。

だが、そこは持ち前の臨機応変ぶりというのか、あまり気にしない性格というのか。

とにもかくにも、

〝こんな素敵な世界にご縁があった僕は、最高についている！　絶対にこれからも行きたい！　みんなと会いたい！〟

――と願い。

むしろ、これが夢でないことを祈り、二度目に店へ訪れることができた後には、早々に常連客の仲間入りを果たしたほどだ。

それほど、この食事処のメニューや店主たちが魅力的だったのもあるが、中でも店主の甥と姪である未来と双子の姉弟、永・劫が人懐こくて可愛かったのもある。

人間の幼児や赤子に変化している姿も可愛いのだが、スマートフォンの画像にあったような、元のオオカミっ子が豆柴に見えるようなサイズと容姿も最高だ。

お兄ちゃんしている未来が抱っこサイズなら、もっちりしたお尻と短い手足が魅力の永と劫は更にコンパクト。

とにかく大和は、初めての子供の誕生に歓喜する両親を飛び越し、初孫誕生にメロメロなジジババ状態に陥ってしまったほどだ。

今となっては、日々働く自分へのご褒美(ほうび)が、この〝飯の友〟での食事であり、小さな友達となった未来・永・劫とのスキンシップになっている。

（誰も見てないよな？　というより、変にキョロキョロしたら、逆に怪しまれるか）

浮かれた大和は、足早に歩いたためか、十分もかからずに旧・新宿門衛所へ到着した。

ただ、開門している門ではなく、あえてその隣に設置されている通用口のような門へ向かう。

年季がかった片開きの鉄製扉に利き手を伸ばし、押し開くようにして通り抜ける。

（確か、日中に通る場合は、抜けると同時に門衛所のほうへ曲がると見せかけるのがいいって、言ってたっけ）

閉じられたままの通用門を抜ける姿が他人に、実際どう見えるのかはわからない。

だが、普段から空を行き来する鴉からは、

〝たとえ誰かが近くにいても、普通に門から入ったように見えるだけなので、そこは大丈夫です。また、入るときに意識して衛所側へ身体を向けると、門を通った直後に建物で姿が見えなくなるという効果も与えられますので、より安全です。あと、御苑内にいる人間からは、もともと出入りしている姿は見えませんので、ご安心を〟

などと言われたので、それを信じて、大和は門を通り抜けた。

（それっ！）

なんとなく勢いづけて踏み込むが、体感的には何がどうということはない。

ただ、狭間世界へ入った瞬間、大和の視界には緑の木々が美しい森が広がった。

一見すると新宿御苑内のそれにも見えるが、木々の隙間からは日本家屋の食事処〝飯の友〟が見える。

暖簾（のれん）のかかった引き戸の脇には、準備中の札がかけられていた。

（やっぱり、忙しいかな？）

あれほど浮かれて来たのに、一瞬、遠慮から足が止まった。

「おう、大和。お前もか」

「ひっ‼」

しかし、いきなり背後から声をかけられ、小さな悲鳴が漏（も）れる。

「あ、悪い。脅（おど）かしたか」

「孤塚（こづか）さん」

背後に立っていたのは、二十代後半から三十過ぎくらいの男性に見えるよう変化している、人間名・孤塚と名乗る狐だった。

白のスーツにグレーのストライプが入った黒のシャツ。

金髪をワックスで軽く跳ねさせ、金のイヤーカフスにチョーカーを身に着けた派手な出で立ちでの勤め先は、歌舞伎町のホストクラブ。

聞けば店ではナンバーワンらしいが、今は耳に尻尾が生えている獣人バージョン。

艶やかな尻尾がもっふもっふしており、大和の触りたい、愛でたい衝動を駆り立てる。

さすがに大人相手なので、我慢したが——。

「いえ、ちょっとビックリしただけです。おはようございます。ランチですか？」

「まあな」

挨拶をしながら、自然と店へ足が向く。

僅かに生じた躊躇いも、同伴者を得たことでなくなった。

想定していなかった孤塚にも会えたし、大和からすれば、今日は幸運なスタートだ。

しかも、「ちわーっす」のかけ声と同時に暖簾を潜り、引き戸をガラガラと開けた孤塚に続いて入ると、

「いらっしゃいませ。ああ、孤塚さんに大和さん。今日はお早いですね」

第一声を上げたのは、接客担当の烏丸だった。

スラリとした身体に、漆黒のスーツ、シャツ、ネクタイ。足下の靴までもが黒で統一されているのが、鴉の変化らしい二十代半ばに見える男性だ。

鋭く冷淡にも見える眼差しをしているが、とても気立てがよく、目元を覆うように流れる前髪は鴉の濡れ羽色そのもので、艶々としていて、とても美しい。

本人曰く、もとから口角が下がっているので、接客に不可欠な笑顔を作るのには、そうとう苦労しているようだが、大和からすればまったく問題に感じない。

内面からにじみ出る彼の穏やかさだけでも充分なのに、クールな見た目と言動から醸し出される品のよさと言ったら、英国貴族の館に出てくるような執事さながらだ。

腰に巻いたソムリエエプロンが似合う最高の接客係である。

「珍しいな。二人一緒か」

「おはようございます。早くから、すみません」

「丁度、店の前で会ったんだ。ってか、もう腹減って。何を出されても二人分は食べられそうだから、よろしく！」

そして、続けて声を発したのは、当店の店主であり調理担当の人間名・大神狼と名乗るニホンオオカミ。

元が大柄かつシャープな肢体に鈍色の毛色をしているためか、変化した姿も長身に鈍色の長髪を後ろで一つに結んだ、どこから見ても三十代半ばのイケメン男性だ。

大和はオオカミにも容姿端麗や端整な面差しという言葉が似合うものがいるのだな——と、彼を見て知ったほどだ。

また、彼が纏う粋な藍染めの着流しにたすきがけ、腰にきつく巻いた前かけ姿が、一枚板で作られたカウンターテーブルと共に、こぢんまりとした造りの〝飯の友〟を、最高に小洒落た大人の隠れ家的な和食処に見せる。

それこそ見た目だけなら、素材に拘る気難しい高級料亭の板前だが、当人は「食えれば文句ない獣舌」を自覚し、企業努力の結晶をリスペクトしまくる調味料コレクターだ。

特にめんつゆは気に入っているようで、一般家庭でよく見るメーカーからご当地物まで、それはもう豊富に買い揃えている。

ある意味、大和が彼の正体を知るよりも驚いた事実だったかもしれない。

だが、そうした調味料使いもあって、狼の作る食事は家庭料理のそれと同じ安堵感を覚える素朴な味がする。

これはこれで自宅に帰ったような気分まで味わえる、大和にとっては最高のご飯だ。

さっそく五席ある席を勧められたが、すぐに腰をかけたのは孤塚だけだ。

なぜなら、

「あんあん！」

「きゅおん！」

カウンターと対面に設置された四畳ほどの座敷スペースからは、画像で見るよりも何万倍も可愛い双子の姉・永と、弟・劫が、サークルに掴まり立って、尻尾をブンブン振っていたからだ。

狼の姪と甥でありながら、ベースの毛並みは金茶色。

これがオオカミなのに豆柴ベビーに見える一番の理由ではあるが、精一杯伸ばしても短い足からチラリと見えるピンクの肉球が、これまた可愛さ爆発で。最近大和は、「このままでは危ない人になってしまう！」と、危機感を覚えるほどだ。

しかし、この危機感はまったく役に立っておらず――。

「おはよ～。永ちゃん、劫くん、今日も可愛いね～っ」

「あんっ」

「きゅお～ん」

大和は座敷へ直行すると、まずは両手に永と劫を抱っこし、その場に腰を下ろした。間違っても落とさないようにしてから、二匹を抱いた腕を胸元まで上げて、両の頬を永と劫のそれとくっつける。

二匹も抱っこが嬉しいのか、小さな耳をぴょこぴょこ、尻尾をフリフリ。

大和の頬をペロペロしたあとは、小さな肉球でぺんぺんしながら、「おはよう」「いらっしゃい」をしてきた。

（幸せ！）

だが、至福にはまだ足りない。

大和が店内を見渡す。

「――あ！　大ちゃん来た！」

すると、店の奥から満面の笑みの未来が現れた。

奥で何かしていたのか、園児ほどの姿に耳と尻尾を出した獣人姿で駆け込んでくる。

「未来くん！　おはよう‼」

「わーいわーい！　大ちゃん、おはよう！」

未来は両手を目いっぱい広げると、大和が抱えた永劫ごと〝抱きっ！〟としてきた。

何から何まで愛らしい。これぞ至福だ。

この時点で、残念ご飯の記憶も抹消だ。

視界に映るぴょこぴょこ動く耳と、大きく左右に振られる尻尾は、もはやこの世のすべての残念を吹き飛ばしてしまうほどの威力がある。

ただし、この効果を感じるのは、大和とこれに共感できる一部のモフモフスキーに限定されるが――。

なんにしても、可愛いと美味しいは正義だ。

今やこれが大和の座右の銘だ。

「大和さん。未来さんたちも、用意ができましたよ」

そうこうしている間に、カウンターテーブルには、ガラス皿に盛られた見た目にも涼しげな冷やしきしめんが並んだ。

「大和も二人前か？」

「いえ、僕はいつもどおりで」

「了解」

狼に問われて答えると、更に小盛りの五目飯が追加で置かれた。

大和の顔がいっそうほころぶ。

「あんあんっ‼」

「きゅぉんっ！」

——と、すかさず永と劫が「自分たちの分は⁉」と言いたげに、大和の手中で吠え始めた。

しかし、「ごはん」「ごはん」と小さな口をパクパクさせている姿さえ、今の大和には可愛く見えて仕方がない。

「あー、わかったわかった。お前たちにも、柔らかく茹でたのをやるから、鳴くな。大人しく待っとけ」

狼が「しょうがないな」とばかりに、専用の小鉢二つに短く切ったきしめんを入れて、烏丸に渡した。

赤子に変化では、せいぜいミルクを飲むのがやっとだろうが、こういうときに元の姿は有利だな——と、大和は思う。

同じ月齢であっても、豆柴ベビーもどきであれば、ちょこちょこ歩き回ることもできるし、品によってはこうして一緒に食べられる。

「あ～ん」

「きゅ～ん」

とはいえ、双子は小鉢と共に、いったんサークル内へ戻された。

「わ～。永ちゃん、劫くん。きしめんが食べられるんだ。すごいね～。みんなと同じで嬉しいね～」

「えっちゃんとごうちゃん、大ちゃんにいいねされて、嬉しいね！　よかったね！」

ご機嫌な二匹が更にご機嫌になるよう声をかけて、大和と未来もカウンターテーブルへ移動した。

幼児には高さのあるそれに、慣れた動作でよじ登る未来を孤塚と挟んで、大和も腰をかける。

同時に烏丸から「どうぞ」と冷たいおしぼりが出されて、

（これだよ、これ！　すべてが僕の理想で癒やし！）

大和は天にも昇る気持ちになった。

このあとに出勤するという事実を忘れそうだ。

「いただきま～す」

未来と大和が着席すると、孤塚は待ってましたとばかりに、丼に盛られた五目飯を手にして食べ始めた。

「いただきまーす」

未来も孤塚に倣い、フォークを手にして、まずは冷やしきしめんから食べ始める。

ひらべったいそれを嬉しそうに食べる未来も可愛いが、サークル内で烏丸に見守られながら一生懸命に短いきしめんをすする永劫も愛らしい。

ただ、大和だけは「いただきます」と箸を取って両手を合わせるも、まずは冷やしきしめんをジッと見つめて楽しんだ。

（すごい、豪華な冷やしきしめんだ。さくさく衣のエビとナス天ぷら。甘くに煮た油揚げにワカメとなめこと錦糸卵まで――。しかも、ネギとミョウガ、胡麻（ごま）と大葉のブレンド万能薬味つき！　添えられた五目飯まで合わせて、絶対に全部美味しい！）

おそらく孤塚のリクエストもあって、五目飯まで並んだのだろうが、さりげなくカウンターから差し出された冷たいほうじ茶まで合わせて、大和にとってはご馳走だ。

思いがけず並んだ五目飯のためか、ふっと残念ご飯の存在が脳裏をよぎったが――。

それでも、歯ごたえを残しつつ、つるんと喉ごしのよいきしめんを一口食べると、気分は幸せ一色となった。

（具だけで味わってもよし、めんつゆに浸してもよし。何より万能薬味の合わせ技も、すごくいい！　といか、天ぷらになめことワカメまでコラボって、本当に贅沢！　甘く煮染められた油揚げも——、ん！　優しい味！）

箸を進めるごとに湧き起こる感動に、自然と笑みが浮かぶ。

同じ冷やしきしめんでも、自分が作ったら買ってきた天かすに海苔と胡麻、あれば卵を割り入れるくらいだけに、噛んだ瞬間サクッとした衣の中から汁の染みたナスの旨味がじゅわっと口いっぱいに広がると、心が躍る。

しかも、単純に「ワカメとなめこだ」と喜んでしまったが、生のワカメは乾燥タイプと違って、瑞々しいだけでなく厚みがあって歯ごたえもある。

なめこも採ってきたものを狼自身が下処理をし、軽く出汁だけで煮てあるためか、つるりとした食感、喉ごしのよさの中にも、しっかりとした存在感を覚える。

そうして大事に取っておいたエビ天を頬ばったときには、幸福度も最高潮に達する。

さすがに子供のように大はしゃぎはできないが、大和の顔からは、「美味しい」の連呼が聞こえそうだ。

すると、これを見た狼が尻尾を一振り。

表情こそポーカーフェースを装っているが、内心そうとう嬉しいようだ。

無心になって丼飯をかき込む孤塚、口に詰め込みすぎて両頬がリスのようになっている未来、全世界の幸せを独り占めしているかのように見える大和に、ちっこい身体で麺をすすりまくっている永と劫は、提供した側にとっても最高の喜びを与えてくれる食べ手だったからだ。

＊＊＊

　食べ始めて十五分も経った頃だった。

「あー、うまかった～。ご馳走さん。狼ならマジで外に出ても店をやれると思うけどな」

　一番に食べ終えた孤塚が、空になった皿と丼をカウンターの中へ向けて差し出した。

「そう言ってくれるのはありがたいことだが、俺の変化レベルじゃ月の半分も営業ができないよ。それに、美味いのは市販の調味料を正しく使っているからであって、俺自身は獣舌だ。最後は食えればなんでもいいってところで、人間界の飲食業界では生きていけない。特に日本は何でも美味くて、個々のメニューに職人がいる世界だからな」

　狼が出された食器を受け取り、代わりにデザートの自家製アイスとプリンを盛った小皿を差し出した。

　それを見た未来と大和が、思わず顔を見合わせニコッとする。

　自然とラストスパートに力が入り、それを見ていた烏丸がクスッと微笑む。

　すでに、少量のきしめんを食べ終えた永と劫は満足したのか、ぽっこりしたお腹を出して、大の字でうつらうつらし始めている。

「そういうところが、真面目だよな〜。ってか、狼なら見た目だけで、一流店主を気取っても、一生騙くらかせると思うけどな！　むしろ企業とコラボして、日本一めんつゆをうまく使いこなす店とか、できそう！」

「お前のそういう発想力は、もはや尊敬に値するよ」

「人間かぶれになりやがってってか？」

「そんなことは言わないさ」

孤塚と狼が話をしている間に、大和と未来が食べ終える。

空になった食器を、話の邪魔にならないように差し出そうとタイミングを計っていると、そこは烏丸が下げてくれた。絶妙なサービスだ。

代わりに出てきたアイスとプリンに、大和と未来は再び顔を見合わせて、ニッコリニマニマだ。

「あ、狼。それより次の満月って、またバイトに来られるか？」

「次の満月？　この前顔を出したばかりなのに、またか？」

「うちのマネージャーがベタ惚れなんだよ。本当なら、俺と二枚看板で使いたいってくらいなのに――って。なんか、陰と陽で正反対のタイプだし、最強のツーカードになるのにな〜だってよ」

大和と未来の口が塞がっていることもあり、その後も孤塚と狼が話を続ける。

「褒めてるのか、ふて腐れるのか、どっちかにしろよ」

「褒めてるのはマネージャー。ふて腐れてるのは俺」

「人間界の通貨も手に入るし、満月の夜だけでいいからアシストに来ないかって誘ったのは、お前だろう」

「わかってるよ！　これぱっかりは、俺が客の好みを見誤ったんだよ。客に世辞の一つも言えない、言わないお前なら、どんなに見た目がよくても平気だろうって思ったら。クールでいいとか、寡黙がいいとか。何より、近くで見ているだけで眼福だから好きなボトル持ってきて座ってって。意味がわからねぇし！」

――と、ここで孤塚が耳を立てて、尻尾の毛を逆立てた。

感情のままに、フーフーしている。

一瞬のことだが、大和はそれを見ると、

（あ〜。確かにお手伝いに行った狼さん、カッコよかったもんな〜。ちょっと派手めなスーツ姿も様になってて。むしろ、口数が少ないところが品位を爆上げって感じだったから、お客さんが言うのは納得かも）

ほんのりミントの香りがするアイスを頬張りつつも、先日のことを思い起こした。

あれは濃紺の空に昇り始めた満月がとても美しい夜だ。

大和が〝飯の友〟でお任せ定食を食べていると、途中で狼が烏丸に時間を告げられて、カウンターの奥へ引っ込んだ。

早終いなのかと思えば、そうではない。烏丸曰く、今夜は妖力全開というのもあり、孤塚の勤めるホストクラブへヘルプに行くと言うではないか！

これに大和の好奇心が炸裂した。

なぜなら大和は、そもそもホストという職に就いている者を見るのさえ、孤塚が初めてだった。

職場の裏から、道路を挟んだ向こうは天下の歓楽街・新宿歌舞伎町だというのに、その界隈にある居酒屋に入ったことはあっても、クラブと名のつくところへは足を踏み入れたことがなかったからだ。

そこへ店に居合わせた顔馴染みのサラリーマン狸たちから、

〝連れていってあげようか。俺たち今から、店主の同伴として、ついていこうかって、話していたところだから〟

〝ボトルも入れてあるからさ、ちょっと行って飲む分には、そうかからないし。というか、俺たちがご馳走するから行こうよ〟

などど誘われたものだから、二つ返事で「はい！」だ。

大和からすれば、ホストクラブは女性しか入れない場所だと思っていた分、その店はそうではないから大丈夫、いい酒を安価で飲めるとあって、男性客も多いから——という説明にも背を押されて、ドキドキワクワクでついていったのだ。

大和大地、大卒入社二年目にして、大人の社交場へデビューだ。

思い出しただけで頭がぼんやりしそうなほど、綺羅華美(きらかび)でキラキラとした世界で。

噂にだけは聞いたことのあるドンペリコールを目にしたときには、「狭間世界よりここのほうが異次元だ！」と、目を見開いたほどだった。

人間の感覚とは、こんなものなのかもしれない。

「まあまあ、孤塚さん。店主は確かにバイトとしては好待遇でしたが、それでも〝自分が親切にされるのは孤塚の友だからだろう。周りが俺に気を遣うのは、結局孤塚のことが大事だからだろう〟と、おっしゃってましたよ」

大和が思い耽(ふけ)っていると、ここでも烏丸が絶妙なタイミングでフォローに入った。

「あん？」

「そういうものだろう。人間社会は」

「むーっ」

これには孤塚も返答が見つからないようだ。

しかし、顔ではムスッとしてみせているが、尻尾の先が照れくさそうに揺れている。

（孤塚さんってば）

大和は、感情が目に見えるって、わかりやすくていいな――と、素直に思った。

口で何を言っても、相手に本心が伝わる。

もちろん、当人からすれば良くも悪くもだろう。

しかし、大和にはこれが、正直に生きるしかない――その結果、嘘も誤解もない世界のように見えて、それが羨（うらや）ましいなとも感じられたからだ。

「それより、お前。今のまま勤め続けて大丈夫なのか？　この前だって、ガラの悪い兄貴が店まで来て、俺の妹をどうとかこうとか――。大和の機転で助かったからいいものの、安心はできないだろう」

ただ、クラブでの話は、ここで終わらなかった。

大和が知るだけでも、ここのところの孤塚はトラブル続きだ。

むしろ、大和が孤塚と近しい関係になったのも、この場での交流からではなく、人間界で起こった孤塚のピンチに手助けをしたからで――。

それこそ一度目は、女性客の旦那に浮気相手と誤解をされて、ぶん殴られて。変化に必要な妖力蓄電池とも呼べる左耳のイヤーカフスを落としたのを一緒に探した。

二度目は、クラブへ遊びに連れていってもらったときに、別の女性客の実兄――地元のヤクザな兄貴に絡まれていたのを、マネージャーや他のスタッフに加わり匿（かくま）ったからだ。

ただし、この二度目に関しては、その場でオラオラしていた兄貴を鎮めることに徹（てっ）したので、実際のところ孤塚自身からは「おのれ大和！　俺を売りやがったな‼」と、あとでさんざん吠えられた。

なぜなら、

「いえ、あれは。僕の機転というよりは、あの兄貴さんが仔犬化した未来くんにデロデロになってしまうような、無類の可愛い子好きさんだった——ということを知っていただけで。突如として目の前に現れた、省エネこんちゃんにハートを射貫かれたから、気が逸れただけかと——」

大和が孤塚の視線を気にしつつも、言ったとおりだった。

そう。これに関してはただの偶然だが、大柄かつ厳ついヤクザな兄貴が、以前迷子になった未来に一目惚れ。拾って連れ帰ろうとしたところを、どうにか自分が飼い主だから——と説明をして返してもらったという経緯があったので、彼の可愛い子好きな趣味を利用したのだ。

有無を言わせず孤塚からイヤーカフスを取り、妖力が激減することで子狐化してしまう、〝省エネこんちゃん〟姿にして、兄貴に差し出した。

その瞬間、

〝俺の大事な妹の誘いが受けられねぇって言うのか！〟

と、孤塚に絡みに来たはずの兄貴が、

〝可愛いでちゅね～っ。きちゅねちゃん、お名前はなんて言うんでちゅか～〟

——という幼児語炸裂で、こんちゃんにひれ伏したのだ。

その後はきちんと客として、店内で一番高いお酒を入れて、大人しく飲んで帰った。

ただし、その間。片時もこんちゃんを離さず、ずーっとお膝抱っこで愛でまくっていたがために、孤塚からは恨み節が炸裂で——ということだったが。

「別に、どってことねぇよ。心配ない。ちょっと熱くなった客同士が揉めたとしても、それをうまくたしなめながら、通ってもらうのも俺の務めだ。ましてや保護者だ、兄貴だが出てくるなんて、ルール違反もいいところだしな」

さすがにこの話は蒸し返したくなかったのか、孤塚は大和だけでなく、狼からもプイと顔を背けた。

だが、ここで大和が引っかかりを覚える。

「え？　ごめんなさい。ルールってあったんですか？　僕、大丈夫でしたか？」

何も知らずに浮かれてついていった自覚があるだけに、大和は急に不安が込み上げた。

狼や狸たちといった知り合いに連れていかれたというのに、自分が恥をかかせるようなことをしていたら、目も当てられないからだ。

すると、孤塚が振り向き、フッと笑う。

「いや、大和は心配しなくていい。これはあくまでも、あの兄妹のこと。俺が勤める店は二丁目でも老舗(しにせ)のほうで、ホストが接客のプロなら客も遊びのプロであれ——っていうのが、昔からの決まりごとなんだ」

「接客のプロに、遊びのプロ？」

さらっと説明されるも、大和にはよくわからない。

「ようは、仕事とプライベートは、はっきりわけましょうってこと。まあ、そうは言っても、うちにも、それができなくて羽目を外す奴らがいるから、客も遊びを忘れて本気になる子が出てくるんだろうけど。でも、俺は昔ながらのルールで徹してるから」

ただ、孤塚が世に言うところの〝店外営業〟はせずに店のトップに立っていることだけは、以前にも聞いていた。

「まあ、お前の場合は。そもそも羽目を外したくても、外せないしな」

「フーッ！」

ここで狼が少しからかい、孤塚は「何を！」と言わんばかりに、また耳と尻尾をピンと立てたが、大和は初めて聞いた「プロ」という言葉に気を取られた。

最初は大和も、そりゃどんなにお客さんからお店とは別でお付き合いをしましょうと迫られたところで、本体が狐なのだから無理な話だろう——と、単純に考えた。

そもそも孤塚が普段身に纏っている衣類が、実は地毛の変化だから脱げない。

もしくは、脱いだように化けて見せたところで、実際の衣類はないらしいので、人間との恋愛やら大人のお付き合いやらは成立しないと思われる。

ただ、大和は今の話を聞いて、できないからしないのではなく、そもそもする気もないのだと理解した。

それが孤塚のプロ意識の結果なのだろう——と。

「え？　どうして。こんちゃんってば、未来たちとわーいして、池に落ちたりするよ？　あれって、羽目がなんとかでしょう？」

しかし、子供がいる前で、していい話ではなかった。

いきなり未来に言われて、この場にいた大人全員が肩をビクンとさせる。

「それは——、ここでの話だろう。さすがに孤塚だって人間界では、そういうわけにもいかないって話だ」

「そうなんだ〜。こんちゃんも、いろいろ大変なんだ。ね、大ちゃん」

どういう解釈(かいしゃく)をしたのかは、未来のみぞ知る。

だが、溜息交じりでぼやかれ、なおかつ自分に話を振られて、大和は思わず飲みかけのほうじ茶をちびっと吹いた。

「ぷっ！」

「うわっ！　何してんだよ」

「大丈夫か？」

「す、すみませんっ」

「大和さん。これで」

「ありがとうございます！」

ティッシュ箱を差し出した烏丸のフォローは、どんなときにも完璧だ。

「え？　どうしたの、大ちゃん。未来、ビックリさせた？」

「ううん。ちょっと——、お茶と空気を一緒に吸い込んじゃっただけ——？」

大和は、それを受け取ると、口の周りから手元などをせっせと拭いた。

「そうなんだ〜。ひゅってなっちゃったんだね」

苦し紛れのでまかせと笑顔で乗り切るも、未来に背中をすりすりしてもらうと、胸がちくんと痛む。

（ケモ耳と尻尾がなくてよかった！　やっぱり僕は、人間でよかったのかもしれない）

何やら、方向違いな考えが、大和の中に生まれる。

「ま、まあ。なんにしても無理はするなよ」

「へいへい」

そうこうするうちに、大和が上着のポケットに入れていたスマートフォンのアラームが鳴った。

出勤の十五分前の合図だ。

「変なことに巻き込まれそうになったら、とっとと逃げてこいよ」

「どうぞ、ご安心を。こちとら人間よりも人間界に詳しいお狐様だぞ。それより、次の満月、都合がついたらよろしくな」

「――了解」

狼と孤塚の話も丁度よく締められて、本日のまかないランチはここまでとなった。

大和は一食五百円が基本の代金を烏丸に支払うと、席を立つ。

そうして、

「ご馳走様でした。行ってきます！」

「大ちゃん、いってらっしゃーい！」

「またのお越しをお待ちしております」

今日も元気に〝飯の友〟をあとにした。

狭間世界から旧・新宿門衛所を潜り抜けると、

（よし！　頑張るぞ‼）

道路を挟んだ目の前にある職場へと走っていった。

# 3

勢いよく狭間世界を飛び出した大和は、旧・新宿門衛所から道路を挟んだ向かいのマンションへ走った。

有機食材を中心とする商品のみを扱うスーパーマーケット〝自然力(しぜんりょく)〟新宿御苑前店の通用口へ向かったのだ。

もともとは麻布(あざぶ)の高級住宅街から開店した〝自然力〟は、ここ数年で店舗数を増やしている地元マダムに人気のお洒落マーケット。

店舗は意図してマンションや雑居ビルの一階に入っており、こちらも二階から最上階の七階までは賃貸になっている。

また、軒先にはイートインスペースを設けていることから、近場の学生や御苑来園者たちに平日休日共に利用され、歌舞伎町界隈の高級店にも食材の卸先を持つことから、今春にオープンした店としては、かなりの好スタートだ。

しかし、こうした立地に合わせた営業スタイルのためもあり、他の〝自然力〟店舗よりも一時間ほど開店が早く閉店も遅い。

そのため朝八時から十七時までの早番と十三時から二十二時の遅番の二交代シフトが組まれているのだが、これが個々のシフトチェンジによって、乱れなかった月がない。

そして、そのシフト調整の穴埋めのために、一人ブラック企業状態で社畜化していたのが、つい先日まで無趣味だったこの大和だ。

そうでなくとも、職場から自宅までの通勤が徒歩十分の独身男性で、恋人もなし。

そこへ人当たりがよく、頼まれたら自分のスキルでは無理だという状況でない限りは断らない性格と持ち前の勤勉さとあって、全部署から助っ人要因と認定されてしまった。

先輩社員たちはおろか、パートやバイトにまで「何でも屋」のごとく、いいように使われていたのだ。

ただ、そうは言っても超過勤務代は支払われる上に、福利厚生もしっかりした会社だ。

社員同士の不仲もなく、特に新店舗の調整期間ということで店長職には、入社当時直接指導に当たってくれた本社専務の白兼恒彦が就いていた。

常に「断っていいんだよ」「無理しないで」「しっかり休んで」「調整なら俺や副店長がするから」と声をかけてくれ、実際自分から大和の仕事を代わってくれることも多々あり、見た目も中身もイケメンな上司だ。

〝自然力〟を立ち上げた共同経営者の一人でもあり、大和にとっては人柄も仕事ぶりも尊敬している人物でもある。

だが、こうした飴と鞭のようなバランス状況が、大和自身に蓄積されていたストレスの見逃しに繋がった。

バイトの一人から「何でもできる、何でも屋のような存在ですごい！」と褒められて、何かがキレた。

自身の現状に疑問を抱くと同時に、誰もが悪気なく自分を便利屋扱いしていることに、嫌悪や不信を抱いたのだ。

これが大和のストレス爆発へのきっかけとなった。

――が、そんなときに出会ったのが、人間界へ買い物に来た未来であり、食事処〝飯の友〟だった。

一気に疲れや不快感が飛んだ気がした。

そこで大和は、生まれて初めて自身から癒やしを求めて、元気の源となった〝飯の友〟へ通い、また未来たちと遊ぶための時間作りを意識した。

必要最低限の休日やシフト時間は死守するぞ――と決意し、実行に移したのだ。

そのため、三度に一度はお願いされても「ごめんなさい」をするようになった。

そのことで、いっときは周囲とも拗れたし、当然の主張をしただけの大和が悪いようにも言われて、ショックから翌日には体調も崩した。

しかし、そこは白兼が即時フォローをしてくれたことで、すぐに周りからも理解をされて、謝罪を受けることになった。

おかげで今は、本当の意味で円滑だ。

いっそう働くことが好きになり、こうして職場へも笑顔で向かえるようになっている。

〝どんな内容であっても、自ら好きなことに時間を作って、心から楽しむって大事！〟

人生二十四年目にして知った、趣味を持つ意味とその影響力だ。

大和が〝飯の友〟へ行くようになって、まだ三ヶ月にも満たないが、おかげで毎日が楽しくて仕方がない。

（接客のプロに遊びのプロか。この前は、好奇心だけでついていっちゃったけど、僕には奥深すぎてよくわからないいや。大人の世界——って感じだな）

だが、こうして自身の考えを改めたばかりだったからこそ、大和は孤塚が口にした言葉が気になった。

孤塚と仕事の内容こそ違えど、大和は店内担当の社員だ。

担当商品の管理からレジのサポートなどが主な仕事ではあるが、当然常に店内にいるのだから接客もする。

挨拶以外は、声をかけられて応じるのが常だが、それでも応対の仕方一つで相手の気分が左右される。

地元に根づかせるのを目的とするなら、何気ない日々の対応こそがかかわってくることだ。

それは、入社式のときにも社長——紫藤司（しどうつかさ）が自ら発していた。

〝良質な品揃えは、責任を持って我々が用意する。だから君たちは誠心誠意、また自信を持って、これらを実店舗にてお客様に届けてくれ。ただし、お客様は神様じゃない。その日の気分、機嫌一つで、品の善し悪しとは関係なく、好きにも嫌いにもなるのが人間だ。常に自由な気持ちと、それが当然という権利を持って買い物へ来られる〟

大和は、日頃深く考えたことのない、しかし至極当然なことを言われて、深く心に刻んだ。

〝一度でも多く足を運んでもらおうと思うなら、君たちの日々の対応、接客のよさは不可欠だ。だが、そこは我々も、君たちに信頼を持って一任する。どうか、自分がまた来たくなる、通い続けたくなるような対応や接客を心がけてほしい〟

何をどうしろ、こうしろと言われるよりも、彼の言葉は明瞭（めいりょう）で理解しやすかった。

自分がされて嬉しいこと、嫌なことなら、短い人生ながらもわかっている。

そして、ここで「自分がされて嫌なことはするな」ではなく、「まずは嬉しいことをしてほしい」という言い方をされたのが、大和の高揚を誘った。

〝仮に、それで結果的に何か失敗する事態になっても、そこは我々が責任を取るし、できる限り君たちのことは守る。だから、明日から安心して現場に立ってくれ。私からは以上だ〟

そうして最後に、紫藤がもっとも力強く発したとおり、彼と起業理念を共にする専務である白兼は、周りと拗れた大和を守ってくれた。

だからといって、周りを強く責め立て、追い込むことはない。

淡々と自社の理念を説いて、悪意のあるなしとは別に、大和には大和の仕事がある。

そして、君たちにも君たち自身が責任を持つべき仕事がある。

これに伴う権利や主張は平等だ。

それを今一度認識してほしい——と、説いた。

その上で、何かあれば受け止めるのは自分や副店長というこの店の管理者であって、大和ではないから、いくらでも自分たちに話をしてきてほしい。

仮に、話しにくいから大和ばかりを頼ったというなら、そこは我々も一番反省をするところだから——と。

これは、あとから先輩社員たちに教えてもらったことだが、大和は素直に感動し、また白兼への尊敬が増した。

と同時に、上の立場から店に勤める者たちを平等に見る大変さのようなものが、自分なりにではあるが、少し理解できた気がした。

もしも管理者にもプロという言葉が当てはまるのだとしたら、白兼や紫藤はプロだと思うし、だからこそ大和も安心して働ける。

待遇への不満ばかりを耳にする昨今からすれは、これほど恵まれた職場はない。

大和は、マンション脇にある通用口から中へ入ると、その足で休憩室兼用のロッカールームへ向かった。

ここで上着を脱いで、制服代わりに店のロゴが入った明るいグリーンエプロンを着け、荷物一式をしまってしまえば準備は完了だ。

〝飯の友〟を出てから十分もあれば仕事が開始できるところも、大和にはありがたいなんてものではない。

軽快な気分のまま「おはようございます」と声も弾んで、意識せずとも笑顔が浮かぶ。

「あ。おはよう、深森(みもり)」

すると、ロッカーからタイムカードを押しに事務所へ向かったところで、同期入社の女性、深森とはち合わせをした。

「おはよう〜。あんど、お疲れ様でした〜」

背を覆うまっすぐな黒髪を後ろで一つに結んだ彼女は、マイペースで快活でしっかり者。

いつも思ったことは、はっきりと口にするタイプで、それは誰に対しても変わらない。

しかし、こうした気丈さを持ち合わせると同時に周りを細かく見ており、常に気も配ってくれる。

急なシフト変更にも快く応じてくれるし、大和にとっても心強い同期だ。

ただし、シフトに関しては、プライベートスケジュールにかかわらないときのみが鉄則だ。

なぜなら——。

「え？　深森って今日は早退だっけ？」

「そうよ～。先週、代理出勤をしたから、半休をもらったの。明日は休みだし、これから帰宅して夜行バスで遠征よ～」

深森の趣味というか、人生の軸が、大好きな推しアイドルの追っかけだからだ。

それこそ、これにかかわる公休・有休に関しては、繁忙期もなんのそので取得する。

たとえ一日しかない休日であっても、こうして夜行バスで現地と往復するし、帰宅後に出勤すれば、しっかりといつもどおり働く。

大和からすれば、ただただバイタリティーの塊だなと思う存在だ。

と同時に、常にキラキラしているように見える。

「相変わらすフットワークが軽いね。それで、今回はどこまで行くの？」

「宮城よ。あ、でも来週末は、代々木のホールだから、間違ってもドタキャンしないように、みんなにも言っておかなきゃ」

「そんな予定があるって聞いたら、誰も深森には声をかけないよ」

「だからよ！　代わりに公休日の大和が呼ばれたら困るでしょう。最近は、休みの日に出かけるような趣味もできたみたいだし。あの、知り合いの子だとかっていう、可愛い〜わんこちゃんたちと」

「まあね」

他愛もない話をしながら、二人でタイムカードを押す。

そうして、事務所を出たときだ。

「あら、深森ちゃん。また、追っかけ〜？」

「いい加減、リアル彼氏にシフトを切り替えないと、行き遅れちゃうわよ」

嘲笑気味に声をかけてきたのは、精肉部に入っている女性パートたちだった。

一人は中学生と高校生の子を持つ四十代前半の口田、一人は大学生の子を持つ四十代後半の斉川だ。

これが男性社員の言葉なら、セクハラでアウトになりそうな気がするが、年上の同性かつ立場的に深森のほうが上となると、なかなか難しい。

しかし、大和からすれば「何もそんな言い方をしなくても」と注意したくなる嫌味っぽさがあった。

衝動的に肩が前へ出たが、そこは〝黙ってて〟と言わんばかりに、深森が先に口を開く。

「そうですね～。推し以上に高揚をくれる人、運命を感じる人と出会えれば、考えますけどね～」

真に受けたように「うふふっ」と返す深森が、逆に怖い。

「だから～。そんな追っかけばっかりしてたら、出会える人にも出会えないでしょうって言ってるの」

「そうよ。ご実家のご両親だって、さぞ心配しているでしょうに。今からいい人を見つけたって、あっという間に三十超えちゃうのに」

「え～。そんなことといって、いいんですか？　もし〝推し〟の強い私に、結婚前提の彼氏なんかできたら、まず皆さんと絶対に代休交換なんてしませんよ。急なお休みなんて、今以上に取れなくなりますけど？」

「っ！」

（――やっぱり！）

大和が思ったときには、満面の笑みで反撃に出た。

それも、もっともな切り返しでだ。

「だって、考えてみてくださいよ。そもそもアイドル推しで動ける日なんて、ひと月、ふた月に数日あるかないかですけど、彼氏となったら毎日でも会えますしね～。むしろ、私のほうが、仕事を代わってください～って言い出すことになるかも？　あ、もちろん、お二人は代わってくれるんですよね。うちの両親の心配までしてくださるんですから」

ただ、どんなに口調が「うふふ」だろうと、笑顔を携えていようと、大和にはわかる。

今の深森は、絶対に目が笑っていない。

それは、深森と対峙していた口田たちの引きつっていく顔を見てもわかる。

「――も、もう。深森ちゃんってば。冗談、きついわよ～」

「そうよ。私たちは、心配してるって言いたかっただけなんだから。じゃあ、気をつけていってきてね。お疲れ様でした」

二人はすぐさま、その場から立ち去った。

いったい何をしに持ち場を離れたのかは謎だが、これから休憩時間だとしたら、深森がロッカーをあとにするまで、トイレに籠もるか裏で立ち話でもするしかない状況を自ら作ってしまっている。

「深森。どんなに笑って返しても、聞いててハラハラする内容だよ」

とはいえ、これはこれで大和は一つ気になった。

相手の嫌味がギリギリならば、深森の返しもギリギリだ。

中には、些細な会話の中でも揚げ足取りのように「それはパワハラですか」と言ってくる場合もあるので、注意するに越したことはない。

世知辛い世の中だが、入社二年目の社員であっても、立場上そこは気をつけてほしいと、社内マニュアルにも書かれているほどだ。

「だって、同じこと言われるの、これで何度目だと思うのよ。人が気分よく出かけようってときに、わざわざ話に割り込んできてまで、説教じみたこと言う必要ないでしょう」

「まあ――、そうだけどさ。年頃の娘さんがいる人たちだから、つい口に出ちゃうんじゃない？」

「それこそ余計なお世話。だったら自分の娘に言えばいいことで、扶養しているわけでもない赤の他人に言うことじゃないでしょう。そもそも自分が責任を取れない、取るつもりもない相手の趣味に口出ししてくるとか、何様――!?」

ただ、今日ばかりは、大和自身が火に油を注いでしまった。

ここは素直に、深森の話を聞くにとどめておくべきだった――と思うも、もう遅い。

なので、大和はいそいでズボンのポケットから、小銭入れを取り出した。

本当ならスマートフォンの待ち受けを見せたいところだが、ロッカーに置いているので、苦肉の策として証明写真サイズにプリントアウトしたそれを貼った、財布の片側を見せたのだ。

「僕の推しを見て、機嫌を直して」

「ぷっ！」

すると、こぢんまりと貼られた未来永劫わんこバージョンのスリーショットに、深森が吹いた。

「ごめん！　まさか、そう来ると思わなかった！　あっはっはっ。——ってか、そうまでする？」

おそらく、スマートフォンで見せられたのなら、ここまで可笑しいとは思わなかっただろう。

あえての小銭入れに証明写真サイズのそれがツボに入ったようだ。

ひーひーしながら、笑っている。

「でも、ありがとう、大和。すごく可愛い。わんこちゃんたち、癒やされるわ〜。もう、一瞬で機嫌が直った」

「よかった。そしたら、笑顔で機嫌よく、行ってきて。そのほうが、深森の推しも喜ぶと思うよ」

そうして彼女の顔に心からの笑みが戻ったところで、大和もニッコリ笑って見せる。

「少なくとも、僕の推しの子たちは、そうだから」

「大和——。確かに、そうだね。ありがとう、じゃあ、今日はここで。お疲れ様でした」

そのままロッカーへ向かった深森を見送り、大和も店内へと足を向けた。

「本当、好き勝手しててていいわよね〜」

「親のお金で大学行ってて。出たら出たで、追っかけ三昧。きっと今も実家暮らしで優雅な生活してるんでしょうね」

　ただ、バックヤードの隅から聞こえた会話に大和の足が止まった。

　振り向けば、斉川と口田だ。

　誰が止めるわけでもないので、大和は今度こそ一歩を踏み出す。

「えっと。何か誤解されてるみたいですけど、深森は自分で借りた奨学金を返しながら、一人暮らしですよ。だから、ご両親も好きに生きなさいって感じみたいです」

「「!?」」

　大和は、会話を聞かれたと知り焦る二人に、やんわりと話しかけた。

　余計なお世話かもしれないが、こうした誤解が深森の印象を悪くしているのだとしたら、そこは解いておきたいと思ったからだ。

「そ、そう」

「なんだ、そうだったの」

「はい。きっと、斉川さんや口田さんみたいに、子供のしたいことに理解があるご両親なんでしょうね。僕なんか、大学卒業まで地元で親のすねをかじっていたので、親も深森もすごいなって思います」

　若干彼女たちを持ち上げるよう意識はしたが、大和がそれぞれの立場にいる全員を褒めたのは本心からだ。

彼女たちだって、子供の学費捻出を理由にパートへ来ている。

深森に至っては口にしたとおりだし、奨学金の返済もないのに、いまだに実家から月一で食材を届けてもらっている身としては、学生の頃から自立している彼女を尊敬するばかりなのだ。

「そ、そうね」

「まあ……、人それぞれだしね」

他に言いようがなかったのだろうが、彼女たちは互いに顔を見合わせつつも、大和に同意した。

「そう言ってもらえると、助かります。じゃあ――、これで。休憩の邪魔をしてすみませんでした」

大和は最初から最後まで笑顔を貫き、深森の趣味や努力が理解されるといいな――と願って、店内へ入った。

「いらっしゃいませ」

一歩店内に入れば、飾り気のないバックヤードとはガラリと印象が変わる。

全店舗共通の色濃い木目の陳列棚に、白い壁で統一された店舗内は、常に清潔に保たれており、また陳列棚一つをとっても整頓されていて見栄えがいい。

普通のスーパーなどで見かける派手な特売のビラや価格表の類いはなく、当日のお買い得品には、それ用の木札が立っている。

表示のロゴもデザイン文字で統一されており、これらの一つ一つが〝自然力〟の小洒落たマルシェ感を演出することはあっても、損なうことがないのだ。

（よし！）

大和は早速持ち場の棚や、店内の様子を確認するべく、足を踏み出した。

しかし、そこで肩をポンと叩かれる。

「⁉」

「おはよう、大和。見てたぞ～っ」

「あ、海堂さん。おはようございます。え？」

声をかけてきたのは、いずれは当店の店長となる予定の副店長・海堂だった。

三十代半ばの彼は、大柄で筋肉質な男性で、趣味で続けているという空手の有段者。常にすっきりと揃えられた短髪がよく似合う、熱血体育会系だ。

ただ、こうした見た目のためか、学生のバイトたちからは陰で「ポセイドン」の愛称で呼ばれているが、いまだに本人の耳には届いていないようだ。

そんな彼から突然「見てた」と言われたものだから、大和は本気で首を傾げる。

「最近、しっかり言えるようになってきたなって。いいことだ。お前にはしっかり育ってもらって、普段から店内を仕切ってもらわないといけないしな」

どうやら、パートたちとのやりとりのことだった。

いつの間に聞かれていたのか、これは迂闊だったと内心ヒヤヒヤする。

「あ……。すみません。ありがとうございます。頑張ります」

それでも、褒められたことに変わりはない。

大和は会釈をしてから、照れくさそうに笑って見せる。

「海堂。準備ができたぞ」

すると、ここへカートを手にした白兼が足早に寄ってきた。

三十代の前半に、年上の紫藤の片腕となって〝自然力〟を立ち上げた彼は、まだ四十になるかならないかの男性だ。

小洒落た店内がいっそう品よく、華やいで見えるような、インテリジェントで清潔感のあるイケメンでもある。

「おはようございます。店長」

「ああ――。おはよう、大和。で、海堂。在庫は?」

大和が、そういえば先ほど白兼を事務所で見なかった――と思い返す。

バックヤードで何かしていたようだ。

「そう！　そうだった。大和、パンケーキミックスって、バックヤードのどこに積んだっけ？　それを聞こうと思ったんだよ」

「あ、はい。それって海外産、国産、道産のどれですか？」

「国産」

「でしたら、昨日のうちに在庫はすべて店頭に出しました。三日後には入荷予定なので、いいかなと思って」

話の流れから、大和は業務用の配達品を揃えているのだろうと理解した。

定期的にパンケーキミックスを発注してくる店は限られている。

何店舗かイメージしながら二人を棚へ誘導するが、いずれもデザートがメインになるような店ではない。

あくまでもメイン食ありきの添え物か、常連客のリクエストで裏メニューとして提供するようなクラブが多い。

「なんだ。どうりで探してもないはずだ」

「それで。いくつ必要なんですか？」

棚の前まで来ると、大和は訊ねた。

「十キロ」

「――全部合わせても、五キロですね」

すでに購入者がいたのか、残りがそれだけだった。

「そしたら、道産で五キロある？　あれば合わせて」

「はい。ここにあります。裏にもまだあるので、大丈夫です」

白兼の指示で、隣に置かれていた北海道産のものを手に取り、カートへ入れていく。

「よかったけど、微妙に価格が違ってしまいますね」

少しばかり渋い顔をした海堂が、溜息をつく。

先方が国産をオーダーしている時点で、海外産で補充はない。選択外だ。

「そこは、こちらで埋めるしかない。オーダー数を勘違いして受けたのはこちらだ」

「まあ、普段のオーダーだと、一キロ分程度ですしね」

（――あ、こちらの受注ミスなのか）

ただ、国産のものより、北海道産のもののほうが、若干だが高かった。

そうなると、差額は白兼の言うとおり、こちら持ちだ。

それでもまだ粉類の差額なので、五キロ分なら数百円程度だが、物と量が違えばゼロが一つ、二つ違ってくることもありうるので、注意しなければ――と思う。

それでも大和は、少しでもいいほうへ考える。

「――でも、せっかくですから、モーモーパンケーキミックスも気に入っていただけると嬉しいな。身内びいき丸出しですけど、これ地元の製粉所から出ている商品で、濃厚ミルクパウダー入りなのが美味しくて、道内でも人気が高いんです。うちでも、もう少し入荷数が増やせたら、国産価格と同じくらいまでは、仕入れ交渉ができるのにな――って、いつも思っているくらい」

同じ粉物でも、道産有機というだけで、少し高くなるのは致し方がない。

それは国産有機も同じだが、こちらは国内産小麦のブレンド粉なので、かなり海外産のそれと価格も大差がないところまで詰めている。

発売元が大手メーカーというのもある。

しかし、これがすべて北海道内限定で有機生産された小麦や牛乳をはじめとする原材料のミックス粉となると、初めから作られる量そのものが少ないので、どうしても高くなってしまう。

ましてやこれは、地元の中小企業が町おこしを兼ねて開発した商品だ。

価格設定に限界がある。

このあたりは、専門店を展開している〝自然力〟だけに、百も承知だろうが――。

商売である以上、少しでも安く仕入れて、高く売りたいというのは当然の話だ。

「それ、本当？　量によっては、国産ミックス粉と同じ仕入価格って」

ただ、差額分は宣伝費くらいの気持ちになればと発した大和の言葉に、白兼が反応した。

「はい。実はこの製粉所、うちの近所にあって、僕の同級生のお兄さんが跡を継いでるんです。というか、入社してすぐに、社長から地元民としてオススメの道産加工品はあるかと聞かれて、何種類か答えた中の一品で……。取り扱いが決まったときに、お兄さんからお礼電話をもらったんです。それでそのときに、お試し期間で感触がよければ、交渉したいな――なんて、漏らしていたので」

「そう。そしたら、その話。ちょっと詳しく聞かせて。あ、海堂。これを先にお客様のところへ。あと、今聞いた話、お詫びの中にきちんと混ぜ込んで」

（え？）

思いがけない話に発展し、大和のほうが内心驚く。

「了解です！　任せてください」

「なら、よろしく。あ、大和。急ぎの品出しは？」

しかも、こうしたときの白兼の動きは速い。

パンケーキミックスを入れたカートを海堂に預け、配送まで任せてしまうと、その場で大和に予定を聞いてきた。

「特にないです」

「よかった」

なら、来て――と合図をされて、大和は今一度バックヤードの事務所へ戻る。

一歩先を歩く白兼は、足早にデスクへ向かうと、専用のノートパソコンを立ち上げた。

検討商品の販売状況を確認するためだろうが、この場から本社にある全店舗集計データにアクセスできるのは専務ならではだ。

「それにしても、さすがは北海道出身。農作物に強いのは知っていたけど、まさか加工品までとはね」

慣れた手つきで画面を動かす白兼の姿に、大和は心なしか胸がドキドキしてきた。

口にしたはいいが、展開の速さについていけない。

よかったことなのかどうか、今更だが不安になってきたのだ。

「たまたまです。実家が農家なのも、近所に特産品を扱う知り合いが多いのも。あ！　ただし近所って言っても、田畑や牧場を挟んだお隣さんとかがざらですけどね」

なんだか、取ってつけたような話しかできない。

会話をしつつも、白兼の目がパソコン画面から一瞬として離れないのも、不安を煽る。

かといって、目を合わせられたら、不安が恐怖に変わりそうな予感もする。

だが、そんなことを思ったときに、白兼の手がキーボードから離れて、椅子ごとこちらへ身体を向けた。

「そうか――。そうしたら、同郷生のお兄さんだっけ。この手の話がまだできるか、一度大和のほうから確認をしてもらえる？　これは俺も試食したけど、確かに美味しかったし、全店舗でコンスタントに売れている。海外産や国産と数量調整をすれば、もっとうまく流れそうな気がするし。惣菜コーナーにアメリカンドッグ系のものを増やしてもらったら、社内での用途も広がる気がするしね」

データを呼び出してから、確認していた時間は、一分もなかった。

しかし、ニコリと笑って話をしてきた白兼の頭の中には、入荷量を増やしたときにどう売るか、どう利用していくかという構想まででき上がっている。

大和はこの事実だけで、息をのんだ。

「ただ、ものがものだけに、その話が出たときと状況が変わっていたら、かえって先方さんに気を遣わせてしまうから。ちょっとした話の流れで〝新規の交渉ができるかな？〟って、俺がぼやいてたとかなんとかって体(てい)で、聞いてみて。それで、すぐには無理だってなったら、いつなら対応できるか、今の何割増しなら国産と同じくらいの価格になるかとか、軽くでいいから確認してもらえたらありがたい」

しかも、急な展開にドキドキしていた大和の心情を察してか、白兼はここまでスピーディーに物事を考えているにもかかわらず、発注交渉に移す前に一拍置いた。

思いがけないところで知り合いだとわかった大和を挟むだけでなく、実際先方の状況がどうなっているのかという確認を、仕事としてでなく、まずはプライベートでするように指示をしてきたのだ。

それこそパンケーキミックスのすべての原材料の生産状況がその年の生産量にかかわる

上に、相手は中小企業で、前年度の売り上げによっては、商品の加工や出荷量を細かくコントロールしていることが考えられる。

特に、小麦のように、作れる加工品が相当数あるものなら尚のこと。

ある、またはすぐに用意できるという前提で交渉をしても、そうでなくなった場合に、会社同士だけの繋がりというわけでもないので、そこを気遣ったのだろう。

どちらにとっても、ぬか喜びはいいことではないからだ。

「わかりました。そしたら今から電話してみます。仮に留守でも、今日明日中には直接話ができるように、メールで頼むこともできるので」

大和は、あらゆる方面に対して配慮のある白兼の仕事を目の当たりにしたことで、不安が高揚に変わった。

「よろしく」

「はい！」

笑顔で返事をすると踵（きびす）を返し、いったんロッカーへ戻った。

（なんか、これはこれでワクワクするな。些細でも、地元と会社の橋渡しができるのって、すごく嬉しいし）

そうして、無人のロッカールームでスマートフォンを取り出すと、まずは友人の自宅へ電話をかけた。

平日の日中だけに、留守も覚悟したが、そこは運がよかった。
〝もしもし。佐藤ですが〞
「もしもし。ご無沙汰しております。大和大地です」
〝あら、大ちゃん！〞
母親が在宅中だったおかげか、すぐに兄社長のほうへ話を繋いでもらうことができた。

＊　＊　＊

二十二時――。

仕事の始めからドタバタした印象があったが、終わってみればいつもとなんら変わりはなかった。

「お疲れ様でした。お先に失礼します」

「お疲れ～」

しかし、大和は浮かれきっていた。

タイムカードを押しに事務所へ寄ったところで、白兼から吉報を受けた。

「商談成立。ありがとう。早速来月から増やしてもらうことになったから、棚の調整を頼むね」

満面の笑みで、そう言ってもらったからだ。

しかも、お惣菜部門での活用もすでに決まっており、明日からでも何点かの新商品開発に入るというが、この時点でアメリカンドッグは決定している。

もともと全店舗に備わっているイートインスペースが、学生の買い食いを想定して作られていることから、アメリカンドッグならニーズに合うだろう――と、なったからだ。

ただし「できるだけ学生に受けそうな工夫と仕上がりで」という社長からの指示が加わったようで、商品開発の担当者はこれから大変そうだった。

（やった！　モーモーパンケーキミックスの入荷総量が増える！　多分、僕の知り合いってことで、専務も普段よりは値切り交渉の手を緩めてくれたのかも――だけど、お兄さん的には、希望量に合わせた価格で取り引きが決まって喜んでくれたし。よかったーっ。しかも、お惣菜コーナーに新商品が増える！　何が増えても美味しそうだし、今後の未来くんたちへのお土産にもできそう！）

だが、こうなったらでき上がったものを売るか、食べるかしかない大和は、内心大はしゃぎだ。

未来の「もぐもぐ」「おいしー！」な顔を思い浮かべて、見るからに怪しい人になっている。

そのためか、普段なら「そこまで一緒に」と声をかけてくれる先輩社員やバイトたちが、ロッカーで見送りに徹していた。

多少のにやつきなら「何かいいことでもあったのか？」と聞かれるが、そういう域ではなかったということだろう。

しかし、そんなことは気にしない。

「お疲れ様でした～っ」

大和はエプロンを外して、ロッカーへ。

リュックを背負うと、今にもスキップをしそうな勢いで、通用口へ向かう。

「――ん？」

だが、一歩外へ出たところで、誰かに呼ばれたような気がした。

それも、いつかどこかで聞いたような声だ。

「や・ま・と～」

「え⁉　これって、まさか！」

先ほどよりもはっきりと聞こえて、大和は足下をきょろきょろと見た。

「こっちだこっち」

「いた！」

すると、思ったとおり省エネ化した孤塚だった。

通用口脇の電信柱の根元からこっそり顔を出して、手招きをしている。

大和は周りを見渡し、夜とはいえ人通りがないのを確認してから、永と劫ほどの重さや大きさしかない孤塚を抱き上げた。

「いったい、どうしたんですか？　また、こんな姿になって、お店もまだ閉店時間じゃないですよね？」

こそこそと話しかけながら、羽織ってきた上着の胸元へそっと隠す。

「まさか、またお客さんの旦那さんが現れて、ぶん殴られたんですか？　それでイヤーカフスが外れて……」

大和には、この状況から想像ができる流れは一つしかなかった。

だが、そうだとしたら、先日よりも最悪だ。

二十二時を回った歌舞伎町で、孤塚が落としたイヤーカフスを探すとなったら、日中にそれをするよりも至難としか思えないからだ。

「――え？　あれ？　カフスがついてる？」

しかし、よくよく見ればそうではなかった。

電柱横の街灯の光を、耳の付け根に填まったカフスが弾いたからだ。

「今は自分でこのサイズになってるんだよ。敵の目を誤魔化すために。店は早退してきたんだ」

すると、孤塚自身が事情を説明し始めた。

「敵？」

「ああ。だから、しばらくの間、お前の家に匿ってくれないか？」

「うちに匿う？」

何やら物騒な話になってきた。

大和は上着の中へ隠した孤塚をきゅっと抱きしめると、今一度あたりを警戒するように見渡した。

そこからは駆け足で自宅へ帰った。


（それにしても敵って？）

アパートの入り口に立っても、大和は周囲への警戒心から無意識のうちにあたりをキョロキョロと見渡し、何度も確認をしていた。

「お前のほうが不審者に見えるぞ。普通にしててくれなかったら、意味がない」

すると、上着の中からそれを見ていた孤塚に、溜息交じりに呟かれる。

小さな前足で「やれやれ」というポーズまで取られてしまった。

「あ。すみません。そうですよね」

匿えと言うわりには余裕がある。

いったい誰から、何者から逃げているのかはわからないが、大和はそこまで大げさなことではなかったのかと思い、一呼吸してからエレベーターに乗り込んだ。

特に住民とかち合うこともなかったので、そのまま七階まで上がって、角部屋の自室まで辿り着く。

「どうぞ、上がっててください。狭いですけど、まずはひと息つけますので」

大和は先に孤塚を玄関から続く廊下へ放してから、扉の鍵を閉めて、チェーンをかけた。

いつものように靴を脱いでボックスへ入れている間に、孤塚は軽快な足取りで部屋へ続く扉へ向かっていく。

省エネ姿であっても、尻尾はもっふりしており、歩く度に左右に揺れるところは眼福だ。

チョコチョコしている後ろ姿も、こぢんまりとしたお尻も、とても愛らしい。

一日の疲れも吹っ飛ぶというものだ。

たとえ口調や声が孤塚のままであっても――。

「いや、こっちこそ。突然押しかける形になって、悪いな」

「そんな――、気にしないでください。こう言ったらあれですが、僕のほうが攫ってきた気分です」

「そりゃ、どんな気――、って、マジで狭えな！　これ、クローゼットか？」

他愛もない話をしていると孤塚が、扉の前まで来ると人間の姿に変化した。

ドアノブを掴んで開いたところで、驚きの声を上げる。

「しっ！　隣に声が響きます。しかも、クローゼットって……、失礼な」

「あ、すまん」

「すまんじゃないですよ。それに、狭いと感じるなら省エネサイズでいてください。確かに孤塚さんがいると、部屋が狭く見えるので」

「なんだと」

咄嗟に人差し指を口元に当てた大和が、孤塚にサイズを戻してと指示した。

「失礼はお互い様ですよ。はい！　ベッドにでも座っててください。今、お茶を持ってきますね」

この際だから、布団を敷いたままのソファベッドに上がって「お座り！」と、口元から離した手で指をさす。

「……」

そこへ省エネサイズに戻った孤塚に座ってもらい、大和はミニキッチンから小型のトレイに麦茶入りの豆皿と水に濡らしたキッチンペーパーを載せて戻ってきた。

尻尾で身体を支えて、後ろ足をだらりと前へ出して寛ぐ孤塚を見ながら、いったんトレイをローテーブルへ置く。

「とりあえずこれを。あと、その姿でも表を歩いたみたいなので足を拭きましょうね」

そうして手にしたキッチンペーパーで、まずは投げ出されていた後ろ足を掴んで拭き始める。

その瞬間「うひゃっ」と声を発した孤塚が短い足をバタバタさせた。

「お前っ！　どこまで俺様を永や劫と一緒にする気だ⁉　ってか、くすぐってぇよ！　確かに土足同然で上がった俺が悪いが――、言えば自分でやるよ！」

大和の手から抜け出し、すっくと二本足で立ち上がると、キッチンペーパーを奪い取る。

だが、どんなに荒っぽいことを言おうが、しようが、体長二十センチあるかないかのつぶらな瞳の子狐を見たら笑顔になるだけだ。

ましてや座り直して一生懸命キッチンペーパーで足を拭いている姿など見た日には、

「あ、すみません」

可愛い～！　という絶叫を、謝罪に変換して口から出すのに一苦労だ。

それどころか、顔が自然と崩れそうになるのを堪えるのに必死で、完全に怪しい人になってしまっている。

しかし、これればかりは仕方がない。未来や永・劫なら素直に「可愛い～っ」だけですむが、これが孤塚だと思うと、どうしても可笑しさまで加わってくるからだ。

「フーッ」

そんな大和のとめどない気持ちが伝わるのだろう。

孤塚が耳と尻尾を逆立てて、「だから、お前な！」と言いたげに牙を剥き出しにするが、小さな歯が覗くだけだ。

それこそ大和は「あー。はいはい」と笑顔で受け流して、トレイを持ち直して立ち上がる。

「でも、飲み物に関しては、うちにあるグラスでは物理的に無理かと思ったもので」

「ストローとかねぇのかよ」

「ストロー？　あ！　あります。実家から送られてきたヨーグルトドリンクに、確かついていたので」

そうして再びミニキッチンに行くと、大和は冷蔵庫から取り出した小型の紙パックを手に戻ってきた。

ついていたストローを外して、ストロー穴から差し込むと、

「はい。どうぞ」

足を拭き終えた孤塚に差し出し、代わりに使い終えたキッチンペーパーを受け取る。

「だからって、このままよこすってところが、いい性格してるよな。今度は未来扱いか」

「そう言わず。身体にいいし、地元でも美味しいと評判の牧場のですよ。――あ。でも、狐にはどうなんですかね？　お腹を壊しちゃうかな？」

大和はキッチンペーパーをゴミ箱に入れながら、慌てて確認をする。

「平気だ！　俺はそもそも肉食に近い雑食だ。口に入るものに贅沢は言わんし、毒でもない限り大概食える」

すると、文句だけは人一倍言うものの、孤塚は短い前足で四角い紙パックを抱えた。

そしてストローを咥えて「ちゅーっ」とヨーグルトドリンクを飲み始める。

「！」

どうやら口には合ったようで、途端につぶらな瞳がキラキラと輝き、尻尾が嬉しそうに揺れ始めた。

大和は上着だけを脱いで、クローゼットにしまうと、ベッド脇に腰を下ろして、その姿を眺める。

（一生懸命飲んでる姿が、また可愛いな～。あ、駄目だ！　こんなことを考えたら、俺を馬鹿にしてるのか！　って怒られる）

だが、思ったままが顔に出てしまうのは、もはや性だ。

どんなに緩みきった口元を隠すように両手を添えても、目が笑ってしまう。

大和は仕方なく、意識を逸らすようにして孤塚に話しかける。

「それで、さっきの話ですけど。敵って？　狐の天敵って、狼とか熊とかだと思うんですけど。もしかして、狼さん以外にも変化している狼とか？　まさか、熊？」

孤塚が「ん？」とパックから顔を上げる。

いかにも、そうだった——と言いたげに、相づちを打つ。

「まあ、近いっちゃ近いな」

しかし、気を逸らすつもりで言ったことを肯定されて、大和は思わず身を乗り出した。

ベッドに両手をついて、

「そしたら熊なんですか⁉　新宿に熊⁉」

「いや、見た目の話だよ。この前のシスコンかつ可愛い子好きのヤクザな兄貴だ」

「え⁉　兄貴さんですか？」

だが、孤塚が溜息交じりに発した熊の正体は、地元のヤクザな兄貴だった。

二人していまだに彼の名前を知らないから、「兄貴」が完全に呼び名になってしまっている。

だが、考えようによっては、野生の熊ほど危険な人物だ。

大和は、たまたま未来や省エネこんちゃんのおかげで、これという被害には遭（あ）っていないが、普通は避けて通るべき職業の相手だ。

そう考えると、大和にとって歌舞伎町界隈の危険度は、実家周辺と変わらない。

なんせ、熊の出没地域は、北海道全域だ。

札幌（さっぽろ）市ほどの人口密集地であっても、出るときには出るのだ。

東京（とうきょう）へ来て、「これだけはこっちのほうが安心だな」などと思っていたのに、そうではなかったということだ。

「ああ――。俺に袖にされて、妹が塞ぎ込んだかなんだか知らないが、突然店に舎弟たちがやってきて、ホストを辞めて婿入りしろって、迫ってきやがったんだ。お前の面倒はうちで見るから、いいだろうとかなんとか言いやがって」

孤塚はその後も「やれやれだろう」と前足を上げながら、あるかないかわからないような狭い肩を竦ませて見せた。

大和は「舎弟」と言われて、自分も初見で「未来を返してほしい」と頼んで、オラオラされた二人のことを思い出す。

四十代の兄貴のおつき的なポジションなのだろう、一人は三十前後、一人は二十代半ばと思われる男たちだ。

それこそ、自ら〝一目でわかるようなチンピラ感〟を演出しているとしか思えない、任侠映画などでよく見る柄シャツメインのコーディネートだった。

今にして思えば、どこで売ってるんだろう？

専門店？　通販？　と、大和が真剣に首を傾げてしまうような出で立ちだ。

ただ、そんな男たちが店に来てオラオラとなったら、孤塚も立場がないだろう。

地元に根付いた老舗クラブだけに、以前大和がはち合わせたときも、マネージャーと呼ばれる男性・宗方が、まったくビビることなく孤塚と店を守るため立ちはだかっていた。

――が、そういうことではない。

こう見えて孤塚が、職場や同僚に迷惑をかけて、気にしないタイプではないからだ。

「は？　婿入り⁉　孤塚さんが？」

しかも、この要求は大和が聞いても滅茶苦茶（めちゃくちゃ）だ。

孤塚は再びストローを咥えて「ちゅー」とするも、口を離せば溜息しか出てこない。

「ん、と。勘弁しろよって話だろう。だから、はっきり断ったんだ。けど。向こうは拉致っても婿入りさせる気満々で。そんなゴタゴタもあったから、今夜はそのまま早退したんだ。そしたら、あいつら――。いつの間にかマンションの部屋まで嗅（か）ぎつけてきやがって。ドア前で待機してるから、帰るに帰れねぇって状態で――今ここだ」

こうして孤塚が大和に「匿ってほしい」と言った事情はわかった。

しかし、これを聞いた大和には、もっとわからないことが発生してしまう。

「――マンション⁉　え？　孤塚さんって狼さんたちと一緒に住んでたんじゃなかったんですか？　でも、そうしたら部屋の名義は？　住民票は？　そもそも戸籍は⁉」

これに関しては、孤塚がイヤーカフスをなくしたときにも、警察に遺失届を出すか出さないかで悩んだことだった。

仮に出すとして連絡先は？　となったからだ。

「トップシークレットだ」

すると、孤塚はしらっとして答える。

「あ……、はい。ここは聞いたらいけないブラックゾーンってことですね」

謎が謎を呼ぶが仕方がない。

だが、大和の脳内では、果たして妖力で、ありもしない戸籍や住民票を作ることができるのか？

それとも、自分のような人間の知り合いがいて、生活に必要な名義を貸してくれている？

もしくは、知り合いに産科医がいれば、出生届を出して戸籍を作ることも可能？

仮に何代か前、それこそ戦後のどさくさに出生届とか出してしまえば、またそこから普通に人間と同じ生活をして、納税して、同種族で一族を増やしていけば、日本国籍も持てる？

パスポート申請もできちゃう？

それならマンション購入でも賃貸契約でもさらっとできそうだ。

——などと、大妄想が止まらない。

「話すと長くなるからまた今度なってだけだ。変な想像はするなよ」

ただ、この妄想中、よほど険しい顔をしていたのだろう。

孤塚が大和に待ったをかけてきた。

特に隠す気はないようだ。

「あ、わかりました」

暇なときにでも聞けば、教えてくれるようなので、大和はあっさり納得をした。

いつでも知ることができることには、執着は起こらない。

むしろ、そうなったら目の前の問題だけに、意識が集中される。

「でも、そうしたら、しばらくはマンションに帰れないってことですか？　それで僕を頼ってくれたのは、嬉しいですけど。狼さんのところじゃなくて、よかったんですか？　同じ隠れるなら、狭間世界のほうが安全だと思うんですけど」

大和は改めて孤塚に問いかける。

普通に考えるなら、地上のどこに身を隠すよりも、異世界のほうが安心だ。

それこそ兄貴の本体が熊で、実家が狭間世界とかでない限り。

「そこは察しろよ。さんざん心配ないアピールをしといて、今日の今日だぞ」

飲み終えたパックを抱きしめながら、孤塚が尻尾をゆっくり上下させる。

ランチタイムに大見得を切った手前、狼のところへは行きにくいのだろう。

少なくとも、今夜は――。

だが、いざとなれば、そんなことは気にせず逃げ込むなり、連れ込むなりすればいい。

最悪、このサイズなら烏丸に頼んで運んでもらうことも可能だ。

そう考えれば、大和はそこまで今は心配しなくてもいいかなと思えた。

あとは、気になるとしたら、ここだ。

「ああ。なるほど。でも、他のお友達やお仲間さんは大丈夫ですか？　あとで水くさいってことになりません？」

孤塚には、知り合って三ヶ月にも満たない大和より、付き合いの長い人間がいるはずだ。

それもホストクラブでの仲間となったら、未来が迷子になったときに、一緒に探してくれたほどだ。

当然、兄貴が乗り込んできたときにも、マネージャーと一緒になって守ってくれていた。

それがナンバーワンホストとの上下関係からだったとしても、大和には彼らが孤塚を慕っていることが伝わってきたからだ。

「平気平気。そもそも、親しき仲でも秘密ありだ。気軽にどこへでも泊まれるわけじゃない。けど、ここならどんな格好でもいられるし、何より俺がお前のところへ転がり込むなんて、あの兄貴も想像しないだろう。それに、今夜のことで舎弟たちは店を出禁になっている。だから、店に出る時間以外でよろしくってことで、完全にプライベートタイムだけのことだから」

しかし、この分では、仕事仲間に孤塚の正体を知る者はいなそうだ。

それなら、大和が孤塚の周りに遠慮をする理由はない。

「確かにそうですね。仮に見つかったとしても、省エネこんちゃんですから。絶対にこの子は渡せないんです！　で、納得してもらえますからね。兄貴さん、可愛い子にだけは優しいというか、理解があるので」

大和は、ほとぼりが冷めるまで、孤塚をこの部屋で匿うことにした。

実際、こんちゃん連れで兄貴とばったり――などということがあっても、自分ならどうとでも言って誤魔化せる。

ホストクラブで会ったときにも、「知り合いから預かった子なんです」とは言ってあるし、孤塚がこんちゃんの姿をしている限りは守りきれると思ったのだ。

「だから、いちいち撫でるな！　どうしてお前は、そうやって撫で回さないといられないんだ」

状況が飲み込めて安堵したせいで、大和はつい孤塚の頭を撫でていた。

パックを抱えて尻尾をパタパタする姿につられて、無意識のうちに手が伸びていたのもある。

「え？　それは可愛いし、手触りがいいし。なんかこう――、癒やされるので！」

「お前――んぐっ！」

そして、一度撫でたら二度も抱っこも同じだろうというのが、大和の解釈だ。

思わず立ち上がった孤塚を抱き寄せると、至福の笑みを浮かべて、頭から背中から撫で回す。

「あ、ちなみにここ、ペット禁止なんで。間違っても鳴かないでくださいね」

「誰が鳴くか！」

「大声も駄目ですよ。万が一にも、この姿で話しているのを見られたら、それこそ大変なことになりますからね」

「――――」

孤塚からすれば、踏んだり蹴ったりだろうが、大和の家を隠れ家に選んだのは本人だ。

多少はこうなる予想はしていたのか、今はぐったりしつつも、抵抗するのを止める。

この場は大和の気がすむまで、抱っこを許し、撫でさせてくれた。

# 4

広大な農地を持つ実家に、裏山の天然アスレチック。

身体を使って遊ぶことが日常だった大和だけに、幼少時代を振り返っても、おままごと的なものにハマった記憶は、たったの一度もない。

だが、大和は今、それに近い楽しみを感じ始めている。

「一応、新しいタオルやバスタオルを出しておくので、好きに使ってくださいね。今の時季なら、これで風邪を引くことはないと思うので」

「お……、おう」

まずはこんちゃんの寝床を作るべく、低反発座布団のカバーを新しいものに替えて、その上に真新しいバスタオルを折り畳(たた)んで、かけ布団の代わりを作った。

これでも省エネサイズの孤塚なら、ダブルかクイーンサイズのベッドに相当するだろう。

厚みのある低反発座布団も、なかなかいい仕事をしてくれている。

しかも、とりあえずお風呂に――となっても、孤塚のサイズなら洗面台に湯を張ればいいし、温度管理のために蛇口からチョロチョロとお湯を出し続けたとしても、大した量じゃない。

源泉かけ流しさながらで入ってもらえる。

ここに疲れたとき用に買っておいた温泉の素(もと)を少量入れれば、完璧ではなかろうか？

（小さいって、いいな～。バスタオルもフェイスタオルですむし、シャンプーやリンスなんかもアメニティーサイズでも一週間くらいもつんじゃない？　その上、食事から何からすべて少量？　省エネサイズとはよく言ったものだな――。これで、成獣サイズでいるときに比べて心身に苦痛のようなリスクがあるなら別だけど。運動力が落ちる程度で、他はまったくないって言ってたからお得感しかない！）

大和はバスルームとミニキッチンを行き来しながら、浮かれてくるのが止められなかった。

「お前、絶対に俺で遊んでるよな？」

「そんなことないですよ～っ」

想像だけでもウキウキしてくるのに、実際用意した洗面台温泉に孤塚を入れたら、テンションはマックスだ。

動画を撮って配信したら、一躍(いちやく)人気アイドルになって、何百万の再生回数を叩き出しそうだが、そんなもったいないことはしない。

楽しみを見せびらかす派と隠す派がいるなら、大和は基本隠す派だ。

一人で思い出して浸りたいタイプなので、温泉こんちゃんはこの瞬間から大和の記憶のみに記録されていく。

しかも、

（孤塚さん、可愛いな〜。これ、未来くんたちだったら、どうなるんだろう？）

この絵面（えづら）を未来・永・劫に差し替えて想像した日には、「世界中の幸せが僕のものだ！」と、叫びそうになる。

もはや完全に〝怪しい人〟になっている。

それこそ箸が転んでも可笑しいレベルで、孤塚が転がろうものなら、大はしゃぎだろう。

アパートで声が出せない分、小さく両手を叩く姿が、尚更孤塚をガックリさせる。

（駄目だ――、これは）

湯上がりにしっかりドライヤーまでかけられてブラッシングをされ、もはや自身の選択ミスを呪（のろ）うばかりだ。

だが、肩を落とし続ける孤塚に反し、大和はどこまでも満面の笑みだった。

一夜が明けた翌日のこと――。

　大和は出勤準備を整えると、折り畳まれたバスタオルの中に潜って眠る孤塚に、申し訳なさそうに声をかけた。

「ごめんなさい。僕、出勤なんですけど――。すっかり忘れてましたが、今うちですぐに出せる食事のストックが、これしかないんです」

　もそもそしながらタオルから顔を出した孤塚の前に、例の残念ご飯の冷凍ストックを見せた。

「ああ――。ありがとう。あとでレンチンすればいいのか？」

　孤塚はすぐに大和の言わんとすることを理解した。

「微妙に美味しくないかもしれないんですが」

「出してもらえるだけでもありがたいのに、居候の分際で文句なんか言わねぇよ」

「そう言っていただけると、助かります。あ！　でも食材だけならたくさんあるので、作れるようなら、好きに作って食べてもらって大丈夫なので！　ご飯も炊けばありますから」

「了解。ありがとう」

　そこまで話すと、孤塚はタオルから抜け出し、起き上がった。

　四本の足でしっかり立つと、背筋を伸ばして何度か頭を振ってみせる。

　姿形は可愛いが、やはり仕草は成獣のそれだ。

何より変化したときに見せる仕草とも重なるものがあり、大和は（どんな姿をしていても、やっぱり孤塚さんなんだな）と、しみじみ思う。

「ところで、孤塚さん。僕、今日から早番なので、もう出勤なんです。でも、遅くても六時前には帰宅しますので、それで間に合うようなら職場まで送りますが」

すでに支度を終えていた大和が、壁にかかった時計を見ながら、今夜の話をする。

「あ？　そこまでしてもらわなくても大丈夫だって。その辺の鳩か鴉に頼んで、運んでもらうから」

昨夜の時点で、孤塚がしばらくここへ身を寄せても、出勤だけはするとわかっていた。

だが、その往復が大和は心配だった。

孤塚のことだ。きっとこういうことを言い出すと想像ができたからだ。

「いや！　目立ちますよ。そんな可愛い格好で、鳥に乗ってたら！　ましてや、防犯カメラにでも映されたら、どうするんですか？　今の時代、人間のほぼ全員がカメラ機能のついたスマートフォンだって持ってるんですよ？　うっかり撮られてSNSでバズったりしたら、それこそ懸賞金かけられて大捜索されちゃうかもしれないんですからね！　乗せた鴉や鳩にまで被害が及ぶかもしれないですよ！」

――絶対に駄目！　許しません!!

大和は「めっ！」と孤塚を見下ろした。

「なんか……、お前のほうが悪の親玉に見えてきた。よくもまあ、次から次へと、そんな物騒なことを思いつくな」

さすがに孤塚もタジタジだ。

その場に身を崩して、バスタオルの中へ潜り込む。

「それは、すみません。でも、人間が悪で愚かなのは、人間が一番わかっているので」

大和は、タオルの上から孤塚を撫でると、誠心誠意謝罪した。

そもそも孤塚に迷惑をかけているのは人間だし、咄嗟に口にしたことにしても、すでに似たようなことを見聞きしてきている。

決して想像で、こんな物騒な話をしたわけでなく、むしろ自分の思いつきならどれほどいいかと思う。

大なり小なり世間を賑わす事件は、常に想定外のものだし、中には本当に馬鹿げたことをする者もいる。

特に、ＳＮＳ関係は――。

「そんなことはない。まあ、いい奴もいっぱいいるってことは、むしろ俺たちのほうが知っているだろうからさ」

しかし、自分で言ってて落ち込む大和の手を、孤塚はポンと叩いて撫でてくれた。

見上げる孤塚のつぶらな瞳が、朝陽を受けてキラキラしている。

「孤塚さん、優しい！」

思わず嬉しさから抱き上げて、むぎゅ――っと抱きしめる。

当然、孤塚は足をバタバタだ。

「だから！　チビどもと同じ扱いするのは、やめろって。お前、変化した俺には絶対にハグなんてしねぇだろう！」

必死に腕から抜け出そうとするも、こうなると大和は嬉しさ半分、趣味半分だ。

「それはそれで、これはこれです。可愛いのは、どうしようもないことなので！」

「……」

尻尾とお尻までポンポンして、孤塚からすれば、完全に未来・永・劫と同等の扱いだ。それが嫌なら、部屋が狭くなっても変化をすればいいのに、そういう発想には至らないらしい。

孤塚なりの一宿一飯（いっしゅくいっぱん）の恩義なのかもしれない。

これから何宿何飯になるかもわからないし。

（は～幸せ。ここに未来くんたちがいたらなとか、つい贅沢なことまで考えてしまう）

そうして、一分後。

「ちなみに、仕事の帰りはどうしましょうか。何時頃になるんですか？　僕、迎えに行きますよ」

孤塚は大和が家を出るときに解放されて、部屋の玄関先まで見送った。

「そこは、店の奴らに適当に言って、車でこの辺まで送ってもらうよ。適当なところで変化を解けば、夜だし野良猫かなんかだと思ってもらえるだろう」

「わかりました。あ、でも。僕の留守に何かあったら、すぐに電話してくださいね。スマートフォンとお店の番号はメモを書いて、ここの合鍵と一緒にテーブルの上に置いておきましたから」

「おう。ありがとうな」

大和は嬉しそうに笑って、

「では、行ってきます」

小声で言った。

「いってら～」

足下では孤塚が二本足で立ったまま、扉を閉めるまで手を振ってくれた。

一方、狭間世界。〝飯の友〟の朝は早かった。

一人で仕込みをする狼や、その手伝いをしている烏丸だけでなく、一緒に寝起きをしている未来・永・劫も自然と同じ時間に目を覚ます。

ただし、永・劫は、朝のミルクを飲んだら二度寝をしてしまう。

今も店内座敷に置かれたサークルの中で、二匹で身体を寄せ合って、仲良く寝息を立てている。

「狼ちゃん。今日も大ちゃん、お昼ご飯食べに来るかな？」

カウンターに座って頬杖をついた未来が、中でジャガイモの皮むきに勤しむ狼に話しかける。

「ん？　二日続けてはどうだろうな」

「それなら明日は？」

「んー」

「明日の明日は？」

未来の気持ちはわかるが、これぱかりは答えようがない。

大和がここを気に入り、週に最低二度は顔を出すようになっているが、それがいつになるのかは、本人のみぞ知ることだ。

仕事の都合によっては、大和自身であっても予定は未定で狂ってしまうのだから、これぱかりはどうしようもない。

「未来さん。大和さんなら、今日からしばらく早番だったはずなので、次に来られるときは晩ご飯だと思いますよ」

すると、話を聞いていた烏丸が、大和のシフトに触れた。

「そうなの⁉」

「はい。先週いらしたときに、そんな話をしていましたから」

「そうなんだ〜っ！　楽しみ〜っ」

だからといって、次に来るのが何日後の夜なのかはわからないままだが、それでも未来としてはこれを知るだけでも満足そうだ。

仕事前のランチタイムよりも、仕事後の晩酌・夕飯タイムに来るほうが、滞在時間が倍以上になるからだろう。

しかも、このときばかりは、未来も夜更かしが許される。

狼から「先に奥で寝ていなさい」とも言われずに、店内でお客たちともおしゃべりができるからだ。

「未来さんは大和さんがお好きですね」

「うん！　未来、大ちゃん大好き！　お友達！　えっちゃんとごうちゃんのこともいっぱい可愛いってしてくれるし、狼ちゃんのご飯もおいしーおいしーって嬉しそーだから！」

それでも大本命は大和のようだ。

烏丸が訊ねると、迷うことなく返事をしている。

この狭間世界へ大和を招いた最初の出会いが、自分とだったからというのもあるだろう。

ただし、この世界と変化し人間界とを行き来する動物たちの存在をバラす羽目になるきっかけを作ったのは、誰あろう孤塚だったが。

「そうですね。大和さんも未来さんたちのことが大好きですし、店主の食事も大好きですしね」

「からちゃんのことも大好きだよ！　狼ちゃんのご飯がおいしーのは、からちゃんのおもてなしもおいしーからだねって、言ってたよー」

「え⁉　そうなんですか？」

「うん！」

「大和さん」

しかも、烏丸としては未来を喜ばせるつもりで話をしただろうに、一瞬にして機嫌を取られる側になっていた。

聞くことに徹していた狼も、思わず下を向いて「くっ」と笑ってしまう。

（おもてなしが美味しいか――）

それでも顔を上げると、

「まあ、そうだよな。どれか一つでも好きじゃなかったら、ここへは入れない」

手を動かしながらも、未来の言葉に同意した。

「そうですね。あとは、なんというか。大和さんの持つ素朴さやお人柄でしょうね」

「警戒心の強い孤塚が気を許してるくらいだから、大和には持って生まれた相性のよさみたいなものもあるんだろう」

「はい」

ここにはいない孤塚の話も出たが、よもや大和の部屋に転がり込んでいるとは、思いもよらないだろう。

——と、そのときだ。

「きゅおん！」

ぐっすり寝ていたはずの劫が、突然耳をピクンとさせて、身体を起こした。

その視線は店の外、それも上のほうへ向けられている。

「あん？」

劫の鳴き声に驚いてか、永も重そうに頭を上げた。

「どうした、劫。何かあったか？」

「ごうちゃん、お外に何かいるの？」

「おん！」

どうやら表のほうに何かを感じたようだ。

日頃は元気いっぱいの姉に押され気味で大人しい劫だが、こうした何かやトラブルを感じ、また察知する力を生まれながらに持っている。

そのため、劫が外に視線を向けたと同時に、烏丸が店の外を確かめに動いている。

「どうだ？　烏丸」

空を見上げ、目を細める烏丸に、狼が問う。

「――ああ。よその野鳥が通り過ぎたのかもしれません。ちょっと見てきます」

「そうか。気をつけて」

どうやら、大ごとではないようだ。

苦笑を浮かべた烏丸の様子から、狼はまた上空で野鳥たちが揉めているのかと理解した。

大都会東京とはいえ、人間界には野生動物もいれば、野鳥も多い。

当然縄張りを持つ者同士ならば、ぶつかり合うこともしばしばだ。

「はい」

烏丸は店を出ると同時に両手を広げて、鴉となって舞い上がった。

「からちゃん、いってらっしゃーい！」

未来のかけ声に答えるように店の上を旋回してから、旧・新宿門衛所を通って、人間界へ飛び出していった。

＊　＊　＊

普段なら、間に休みの入らない遅番から早番への切り替え日は、どうしても午前中に怠さを感じる。

本当なら、今日もそうだ。

しかし、大和はいつになく気分爽快だった。

昨夜から孤塚がいたこともあり、寝る時間は遅かったが、それ以上に嬉しさや楽しさが上回った。

また、誰かと「おはよう」「行ってきます」「いってらっしゃい」などの言葉を交わすだけで元気が漲る。

これらの挨拶は、〝飯の友〟で交わすにしても、自宅で交わすにしても、大和にとっては一日のスタートを気持ちよくする魔法の言葉だ。

「おはようございます」

それだけに、大和は出社時もこれらの挨拶が、心地よく交わせるように常に意識してきた。

「いらっしゃいませ」

店内でもそれは同じで、常連客になると軽く会釈をしてくれたり、お買い得品を聞いてくれたりするので、挨拶は当たり前のことだが、だからこそ大事なのだと日増しに実感が強まっている。

（さてと。棚の補充と整頓はすんだから、今のうちに食事休憩を取っておこうかな）

そうして、十三時を回った頃だった。

「大和くん！　ごめんなさい。ちょっと来てもらえる？　藤ヶ崎くんがお客様と揉めちゃって――」

食事休憩に入るつもりでバックヤードへ向かっていた大和を、レジ担当のパート女性・長谷川が慌てて呼び止めてきた。

どうやらバイトとお客様のトラブルだ。

「え、藤ヶ崎くんが？」

「そう。先に店長や副店長を呼びに行ったんだけど、事務所にいなくて」

今日は公休で深森はいない。

海堂は「たまには」と言って、食事休憩を近くの店で取っている。

また、白兼は発注先の営業マンが挨拶に来たので、ちょっと外へ出てくると店を空けており、ここは店長としてというよりは専務としての対応で留守だ。

しかし、こうなると店内で接客できる社員は大和しかいない。

「あ、今外に出てますからね。僕が行きます」

大和は案内されるまま出入り口のほうへ向かった。

揉めたと言うわりには、そうした声を聞いた気がしなかったので、喧嘩腰ではなさそうだ。

その上、店の前で揉めているのだろう。このあたりは、店内でお客様と口論になるよりは、まだよしとした。

「それで、藤ヶ崎くんは何でお客様と？」

大和は長谷川について、足早に移動した。

「ここの七階に住んでいる方なんだけど、配達をしているならビールやジュースなんかをまとめて買うから、持ってきてほしいって。それで藤ヶ崎くんが、そんなことはしてませんよって。そうしたら、お客様が〝嘘をつくな。配達もしてるじゃないか。俺は見たぞ〟って。そこからさきは、してる・してないで口論になってしまって」

「あ……、お客様は、業務用の配達のことを言ってるのかな？　事情はわかりました。ありがとうございます。あとは引き受けますので、持ち場に戻ってください」

「はい」

トラブルの内容は掴めたので、長谷川をレジへ戻して、一人で店の出入り口付近へ向かう。

「だから、そんなサービスはないって言ってるじゃないですか」

「お前はもういい！　店長を出せ‼」

すると、案の定。男性バイトの藤ヶ崎が、軒先にあるイートインスペースで中年男性と揉めていた。

確かにその男性は、月に何度かは顔を見ている客だ。

上の階に住んでいたことは知らなかったが、すでにヒートアップしている。

「お客様。お話し中のところ、申し訳ございません。よろしければ、私がご用件をお伺いいたしますので」

「あ！　大和さん。聞いてくださいよ、このお客さんが――」

大和が声をかけると、真っ先に藤ヶ崎が愚痴を言おうとしていた。

だが、そこはかけた眼鏡の奥で威圧する。

ニッコリしつつも「君は黙ってて」だ。

「なんだ、お前は」

「大和と申します。うちの者が大変、申し訳ございません」

「あ？　社員の兄ちゃんか。別に、話なんてねぇよ。頼んだものを配達してくれればいいいだけだ」

そうして大和は、話をしつつも、男性客をイートインスペースの端へ誘導する。

店内はもちろんのこと、出入りをする客にも、極力話が届かないようにとの配慮だ。

「どちらの商店様か、お伺いしてもよろしいですか？」

また、頭ごなしに彼の言い分を否定はしない。

「店じゃねぇよ！　上の住人だよ」

「それは――。重ね重ね申し訳ございません。しかしながら今現在、当店では個人のお客様への配達システムがないため、お引き受けができないのです」

　まずはやんわりかつ丁寧に男性客の誤解を解く。

「またそれか！　俺は配達に行ってるのを見てるんだぞ！」

「誤解を招いてしまい本当に申し訳ございません。それに関しましては、本社のほうで契約している飲食店さんへの配達担当分が、この店舗にも振り分けられているもので」

「なんだと？」

「ですから、現在の配達は、当店舗ができるまでは他店舗から配送されていたものなんです。ですので当店自体には、そうした部署や営業担当者もおりません。基本が店内での販売のみとなっているんです」

　あくまでも低姿勢を貫き、謝罪の上で理解を求める。

「だとしても、すぐ上だぞ！　別に運んでくるくらい、どってことないだろう。有機だかなんだか知らないが、そこらの店より高い金を取ってるんだからよ」

　それでも諦めない男性客。

　しかし、こればかりは、どうしようもない。

「本当に、そうですよね。お客様の立場からすれば、そう思われますよね」

「だろう！」

「はい。しかしながら、今現在そうした配達システムがない限り、お客様だけに対応するわけにはまいりません。これはお届け距離の問題ではなく、他のお客様とのトラブルにもなりかねませんので、どうかご理解のほどをお願いいたします。お客様とのお話は、貴重なご意見、ご要望として、上司や本社に必ず伝えさせていただきますので」

大和は切々と事情を説きつつ、だが相手の要望だけは受け止めた。

「ちっ！　融通が利かねぇな。もういい。帰る」

「申し訳ございません。お手数をおかけしますが、またのご来店をお待ちしております」

そうして、どこかわざとらしい舌打ちはされたが、最後まで笑顔で見送った。

ふて腐れた感は否めなかったが、怒って帰ったふうでもなかったので、そこはホッと胸を撫で下ろした。

大和は彼がマンションのエントランス内に消えるまで、頭を下げて見送る。

「結局、買い物はしていかねぇのかよ。ただのクレーマーかよ」

ただ、頭を上げた大和に対する、藤ヶ崎の第一声がこれだった。

大学受験に失敗してから、現在は今後の人生を見つめ直している期間かつ、合コンで一目惚れした彼女ができたので、このままここで社員採用されるのを狙います！　と、ついひと月前くらいに豪語したわりに、いまだこういうところは健在だ。

身なりや髪型に関しては特別派手な青年でもないが、どうも世間を――というよりは、大和を嘗めてかかっている。

そもそも、なんの悪気もなしに「何でも屋」発言で大和を凹ませたのも、この藤ヶ崎だ。

さすがに最近は、失礼な言動も減ってきたが、それでもまだこれだ。

「藤ヶ崎くん。そういう言い方は駄目だよ」

「でも、意外だったな〜。言うときは言うんですね！　大和さんも」

大和は一瞬奥歯を噛みしめて、ヘラヘラし続ける彼の顔を見た。

「だから、藤ヶ崎くん。そういうことより、まず先に言うことがあるだろう」

「え？」

「すみませんや、ありがとうございますが先でしょう。もちろん、こうした店内トラブルを解決するのも、僕の仕事だよ。でも、当然のことをしたまでとはいえ、まずは個人的な感想の前に、形だけでもお礼やお詫びはあってしかるべきでしょう。ここは仕事場なんだから」

安堵したばかりの胸がドキドキしてきたが、それでもここは言っておかないと駄目だろうと思った。

自分が個人的に嘗められるのは、失礼な奴だ、で無視ができる。

だが、仕事やお客様に対してそういう態度をされた日には、それこそ大ごとになりかねない。

せっかくオープンから順調に来ているのに、こんな当たり前のことができずに壊されたら、たまったものではないからだ。

「え？　あ――、すみません。撃退してもらってありがとうございます！」

しかし、ここまで言っても、この言い草だった。

大和には理解しがたいが、これでも彼には悪気がない。

いったい彼の善意と悪意の境界線がどのあたりにあるのか、見られるものなら見てみたいと思うほどだ。

「撃退って言わないの。お客様は単に、配達がある、ラッキーって思ったのに、それがないってわかって。でも引っ込みがつかなくて、ちょっとごねちゃっただけだろう。というか、自分の説明の仕方も悪かったのかなって、少しは考えるなり反省をしなよ」

大和は滅多に皺など寄せない眉間にそれを寄せると、少しだけ語尾を強くした。

だが、藤ヶ崎からすれば、こうした大和の思考は謎なようだ。

「――は？　それ、マジで言ってます？　今のはどう見ても、俺だけ特別扱いしろやって言ってんだろうって態度でしたけど？　だから俺もついキレちゃって……」

真顔で驚かれて、大和自身もビックリした。

ただ、個々の思考の違いなんて、実際はこんなものだ。

「仮にそうだったとしても、実際口にはしてないだろう。だいたい、自分がお客様の立場だったら、すぐに納得して、はいわかりましたで引っ込むの？　そういうタイプじゃないから、今のお客様とも衝突したんじゃないのかな？」

これこそ、人のふり見て我がふり直せだ。

大和は先ほどの男性と直接話をしたからこそ、藤ヶ崎とタイプが似ているからぶつかったのかな？　と、感じたのだ。

「あ、確かに。何言ってんだこいつ？　みたいな態度で来られたら、俺も絶対にムキになるわ。そういうことか」

それでも、ここまで言えば藤ヶ崎も納得したようだ。

言えばわかってもらえるなら、まだ希望はある。

しかし、逆を言えば、これまで大和がこの手のことを言わなすぎたのだ。

――自分が多少の我慢をすれば、場を悪くすることはない。

それですませてきたことが、藤ヶ崎の嘗めた態度にしても、周りの悪意なき失礼にしても、増長させる原因になっていたからだ。

ここは自分も反省だなと、大和も思う。

「わかってくれたら、それでいいよ。今後の接客に役立てて。いずれ社員になることを目標にバイトをするなら、覚えて損はないことだから」

「大和さん」

「じゃあ、持ち場へ戻って。僕も言いすぎたところはごめんね」

大和は、藤ヶ崎に対しても笑顔で話を終えると、彼を持ち場へ促した。

「――いえ。愛の鞭をありがとうございました。なんか、実は大和さんが俺の社員雇用への道を応援してくれてるんだってわかったら、俄然やる気がでてきました！　これからはすぐにカッとしないように気をつけますんで。じゃあ！」

それにしても、藤ヶ崎は自分に関するポジティブさだけは高かった。

どうしたらこの流れで、そういう解釈になるのかはわからないが、これが十人十色、千差万別ということだろうと納得をする。

（いや！　僕のは応援じゃなくて、普通の意見をしたまでだし。そもそも、そこまでポジティブに考えられるなら、お客様に対しても、そうなってよ）

解せないところが、あるにはあったが――。

「！」

しかし、大和が店内へ戻ろうとしたときだ。

再び先ほどの中年男性が現れ、大和の顔を見てハッとしている。

手には財布を握りしめていた。

「ビール！　やっぱり飲みたくなったんだよ！」

そもそも、そのつもりで下りてきて、藤ヶ崎と揉めたのだろう。

平日に昼から飲めるというのは、普通に考えたら交代勤務か自分へのご褒美デーだ。

「ありがとうございます。でしたら、店内には常に冷えたものがございますし。お惣菜コーナーには、おつまみになりそうなものもありますので」

大和は、ここで自分を無視することもできただろうに、あえて買うものまで説明してくれた男性客が、なんだか微笑ましくなってしまった。

しかも、普通のビールなら、それこそマンション裏の大通りを挟んだコンビニエンスストアにもあるだろうに、わざわざ「高い」と言いつつ再来店してくれたのだ。

距離がどうこうではなく、ここに気に入る銘柄があるのだろう。

「だったら在庫を切らすなよ」

恥ずかしそうに言って店内へ入っていった男性客が、もはやツンデレ系にしか見えない。

「承知しました」

大和はここでもしっかり頭を下げて、笑顔で見送る。

「お疲れ様」

「あ、店長」

すると、丁度白兼が戻ってきた。

「見てたよ。俺の出る幕がなかったね。お客様に対してもそうだけど、藤ヶ崎に対しても、きちんと言ってくれて助かったよ」

「え？」

いったいいつから――と思うも、白兼はあえてこの場を大和に任せたのだろう。それこそ接客はともかく、藤ヶ崎への対応がなっていなければ、自分も注意をされたかもしれない。

「――はい。ありがとうございます。よかったです。言ったはいいものの、やっぱり言いすぎてないか心配だったので」

大和は、思わず本音を漏らした。

白兼は「だろうね」とでも言いたげに笑って、大和を店内へ誘導する。

「同じことを言うにしても、大和はマイルドだから。変に相手の感情を逆撫ですることがないし、何より根本的なところで、相手を悪く思ってないのが伝わってくる。だから、お客様も戻ってこられるし、藤ヶ崎も素直に言うことを聞くんだろうね。まあ、ポジティブな勘違いも多い子だけど」

「ありがとうございます。あ、ちなみに。ここでの個人向けの配達って、どうなんでしょうか？」

そうして中へ入るも、大和は最後に確認を取った。

白兼は上司であると同時に本部の人間だ。

しかも、だいたいのことを会議なしで決められる権利を持った経営者でもある。

「そうだね。こればかりは、やろうとしたら一部署増設ってくらい大変なことだからね。さすがにここでそれをするには、無理があるかな」

「わかりました。では、お客様には、そのように伝えておきます」

返事の予想はついていたが、それでも大和にとっては、確認したという事実が大事なことだった。

「そうして。きっと、お客様も理解はしていると思うけど。でも、大和が自分の希望を上に相談したってことは、伝えておくに限るし。まずは真摯に対応してくれた、検討してくれたってことが、これからの来店に繋がるからね」

白兼も言ってくれたが、こうした些細なことの積み重ねが、お客様からの信頼へ繋がると思ったからだ。

「はい」

大和は、切れのよい返事をすると、そこからは自身の食事休憩に入った。

そして、惣菜コーナーで何を買おうか迷っていた男性客を見つけると、

「すみません。今、本社のほうに聞いてみたのですが、現状の社内構成では、個人宅配のサービスは難しいそうです。専用の部署を作る必要が出てきてしまうので」

「そうか――。まあ、しょうがねな。運動のつもりで下りてくるよ」

「ありがとうございます。今後ともご来店、よろしくお願いします」

この場で声をかけて説明を終えると同時に、彼が買い物カートへ入れていたビールの銘柄を覚えた。


出るときの気分と同様に、大和は帰宅に胸を弾ませた。

「ただいま～っ」

「お帰り～っ。飯、作ってあるぞ」

いつもは自分の声だけが響く玄関先から、返事があるとわかっていたからだ。

それも愛らしい姿の子狐から！

「え⁉　すごい！　これ全部、孤塚さんが作ったんですか？」

しかも、部屋に入るとローテーブルの上には、作り置きされた惣菜の数々が、ありったけの食品保存容器と小袋に入って並んでいた。

実際の味はわからないが、見た目だけなら人参とジャガイモのきんぴら。

ほうれん草のおひたし。

小松菜とベーコンと玉子の炒め物。

オニオンスライスのおかか和(あ)え。

そしてこれがもっとも冷蔵庫内で場所を取っていたのだが、丸ごとキャベツが人参やピーマン、玉葱と合わさった野菜炒めセット二袋に、千切りキャベツと人参のサラダ二袋、キュウリも足した浅漬けなどに変わっている。

夢か魔法ではなかろうか？

小人の靴屋さんならぬ、子狐のコックさんだ。

これなら冷蔵庫に戻しても、スッキリ収納なこと間違いない。

「勝手に朝と昼を作って食わせてもらったからな。けど、レンチンしてめんつゆに浸したたけとか、胡麻油と顆粒出汁や塩こしょうで炒めただけとか、そんなんだぞ。狼がよく〝だいたいのものは蒸すか焼くかして、塩かめんつゆを振って食えば美味い〟って言ってたから。ようは、素材の味を信じろってことらしいが」

そうは言っても、おそらくいざ冷蔵庫や冷凍庫を開いたときに「なんだこの魔窟は！」となったのだろう。

見てしまったがゆえに、変な使命感が起こったのかもしれない。

かといって、大和もそこまで料理をするほうではない上に、キッチンもミニとあって、必要最低限の調味料しか揃えていない。

それこそ、すべての料理が塩こしょうかめんつゆ仕上げでも、不思議がないほどだ。

「いただきます」

さっそく一口とばかりに、用意された取り分け皿に盛って、味見をさせてもらう。

調理過程を聞く限り、濃い味なのかと思えば、そうでもない。

しっかり野菜本来の旨味が味わえるほどよさで、色味も素材のそれが生かされている。

これに関しては孤塚の〝加減〟がいいのだろう。

「ほうれん草は緑も鮮やかなのに、青臭さがない。レンチンでめんつゆなのに？　小松菜も玉子やベーコンと一緒に炒めてあるけど、ほんのり胡麻油が香って。これって、けっこう味も感じるんだ。それに、このきんぴらは昆布の顆粒出汁で炒めてるのかな？　さっぱりしていて美味しい！」

本体が獣とあって、そもそも薄味嗜好なのかもしれない。

だが、大和からすれば目から鱗だ。

農家で生まれ育っているのだから、野菜本来の味がいいのは充分わかっていたはずなのに、ここへきて日々の疲れから自然と味つけが濃くなっていたのだろう。

それこそ――、

〝あれ？　味が濃くなっちゃった。食材を足すか〟

〝ん？　今度は薄い？　仕方ないから、もう一度調味料を足して……〟

――と、微妙な味の一品が、フライパンいっぱいになるまで増えていく。

これもまた負のループであり、足し算が起こす悲劇だ。

最初の段階で濃いめの具材を半分取り置き、具材を追加したのちに、微調整は取り置いた分でしていけば、そこまで量は増えないというのに。

大和の場合、仕事疲れで麻痺(まひ)した脳は、足すことはできても、引くことができなくなってしまうのである。

「あと、これ」

「え！　塩むすびまであるんですか！　やったー‼」

それにしたって感動だ。

まるで〝飯の友〟が出張してきたようだ。

大和の目頭が、自然と熱くなる。

一口と思いつつ、すっかり食べ続けてしまっている。

「勝手に飯まで炊いてすまなかった。なんか、冷凍してあったのは食っちまったから、代わりにと思って」

その上、自分も朝、頑張って食べたとはいえ、出かけたときには二食分が残っていたはずの残念ご飯を食べ終えてくれたとか――、もはや神だ。

お狐様だ！

しかも、ちょっと不格好なおにぎりが、これまた美味しい！

冷えてもしっかり米の味がする。

ほどよく振られた塩が、米本来の甘みをいっそう感じさせてくれるのだ。

「おいひぃ～。もう、しばらくと言わず、ずっといてください！　孤塚さんのほうが、僕の何倍も料理がうまいです！」

思わず本音が口を衝く。

「いや。料理が狐以下って、人としてヤバいだろう。今度、狼に習ったらどうだ？」

「――‼」

耳と尻尾があったら間違いなく「はい！」と賛同するように立っていることだろう。

だが、さすがに「料理が狐以下」認定は衝撃だ。

しかも、教習先がオオカミって――、もはや獣舌どころの問題ではない。

（あああああっ……。でも、そう言われたら、そうだよな。あんなに狼さんがリスペクトしているめんつゆ一つ、ちゃんと使いこなせてないんだから。僕は人間として、同じ人間の企業努力を無にしていたのか――）

それでも、食事中は幸せだ。

反省よりも先に、美味しいが来る。

大和はモグモグ食べながら、自然に緩んでくる口元が押さえられない。

「それにしても、今日は定時で帰れたんだな。てっきり、また残業を押しつけられて、遅くなった――とか、半泣きで帰ってくるかと思ったのに」

そう言うと、孤塚はいつの間にか人間に変化しており、麦茶まで出してくれた。

このあたりは烏丸の影響なのか、もとから接客業だからなのか、なんにしても完璧だ。

これは自分が狐以下なのではなく、孤塚たちが人間以上なのだ！　で納得をする。

しかも、大和は麦茶で喉を潤しながら、変化した孤塚を見ていると、普通に友人が遊びに来ているような感覚になった。

「今週は用ができたので、残業はあっても三十分まででお願いしますと、先に言っておいたんです」

「へ〜。ちょっと前まで、過労死寸前みたいな顔をしてたから、てっきりブラック企業にいるのかと思ったら、そうでもないのか？」

そろそろ孤塚も出勤準備の時間だろうか？

大和と話をしつつも、スマートフォンを取り出した。

「はい。基本はとてもホワイトですよ。ただ、僕自身が無趣味で暇だったのもあって、なんでも断らずに受けてしまっていただけです。でも、ちゃんと言えば、理解してもらえるし。こうして、予定どおり帰ってこられるので」

「なら、よかったな。まあ、人間には言葉があるんだから、うまく使わなかったらもったいないもんな」

「そうですね」

ニコリと笑うと、孤塚がスマートフォンの画面をスクロールし始めた。

大和は、やはり出勤前の準備にかかわることなのかな？　と思うも、特に聞くことはしなかった。

（もったいない……か。でも、そうか。言葉って生まれたときから当たり前にあるけど、それが通じる者同士なのに、うまく使わなかったらもったいないよな。ただ、これが難しいんだけど。人間って、同じことを聞いても、気分で解釈が変わるから――）

それより、さりげなく放たれた孤塚の言葉が胸に刺さった。

狼もそうだが、根本的に物事を見る目が違うのだろう。

二人とも、これまで大和が気にもとめていなかったことを、こうしてさらっと口にする。

（きっと孤塚さんは、人の持つ言葉をうまく使いこなして、プロのお仕事をしてるんだろうし。そもそも、言葉があることに価値を見出せるって、動物だからこその見方だよな）

などと思っていたところで、孤塚の手元がチラリと見えた。

「――服？」

「ああ。新作夏物スーツのカタログ。今夜着る服の見た目を選んでるんだ」

思わず聞いてしまったが、孤塚は特に嫌がる様子もなく、答えてくれた。

しかし、大和からすれば、聞き捨てならない内容だ。

「え？　それって、もしかして。見たまま好きな格好に変化できるってことですか？　確か前に、毛が衣類に変化されるって聞きましたけど」

「ああ。まったくそのままってわけにはいかないが、そこそこには持っていけるな。なんせ、俺様の妖力は――」

「うわ、すごい便利じゃないですか！　それって、クラブ勤めで一番かかりそうな衣装代が、かからないってことですよね？　万が一汚れても、帰宅してお風呂へ入ったら、クリーニングされるし。何より、お風呂と洗濯が兼用な上に、下手したら洗面台風呂ですむって、どれだけ安上がりなんですよ！」

あとからあとから感動が湧き起こる。

だが、孤塚からすると、その感動の矛先が、いまいち微妙だ。

どうも好ましくない方向でばかり、羨んでくれているように思えるからだ。

「なんか、すげぇ安い男みたいに言われてる気がするんだが」

「そんなことないですよ。なんてお得なんだろうって言ってるだけです！　本当に必要最低限の生活費と省スペースで――。孤塚さん、最強！　憧れます！」

「どうしても、褒められてる気がしねぇんだよな。大和の場合」

「そんなことはないですってば」

「……」

大和が本気で焦がれれば焦がれるほど、孤塚は肩を落としていく。

しかし、新たに知った孤塚の能力に浮かれた大和は、自分もスマートフォンを取り出すと、さっそく夏物スーツを検索している。

「あ、今夜はこれとかどうですか？　ブランド物なので、一着五十万円ですけど、ただなんですよね？　それとも、金額によって必要な妖力も変わってくるんですか？　もしくは、元の毛質によって、ウールとかポリエステルとか変化できる生地が決まっちゃうんですか？　でも、そしたら毛皮のコートに変化するのが一番楽なんですよね？　さすがに服が毛皮だけってなったら、お巡りさんに連行されそうですけど。ぷぷぷぷ」

しかも、孤塚にスーツの画面を見せて、自分で突っ込み、ボケて、受けている。

これには孤塚も溜息交じりで、

「お前、そんな下(くだ)らないことで笑ってて大丈夫なのか？　世の中ちゃんと生きていけるのか？　ってか、里の両親はよく一人で東京へ出したな。俺なら怖くて無理だぞ、無理！」

狐以下発言と同等の威力がありそうなことをぼそぼそと呟いた。

「――――‼」

大和がその場で固まったことは、言うまでもない。

さすがに「里の両親」はパワーワードだった。

――これだから冗談の通じねぇ人間は、始末に悪いんだよ！

　今にも叫び出しそうな孤塚をよそに、それから大和は彼が家を出る時間まで体育座りで膝を抱えた。

「結局僕って、下らない発想しかできない、見ていて不安な奴ってことですよね。いや、この場合、見ていられないレベルってことかもしれませんが」

　その後も孤塚を店まで送っていくが、いじけたことを連発する。

　それでも省エネサイズに戻った孤塚をリュックに入れて、前で抱えることは忘れない。

　孤塚はリュックの口から顔だけ出して、ご機嫌取りに徹している。

「落ち込むなよ。俺の言い方が悪かったよ。お前の発想は面白いよ！　すげぇ個性だよ！　才能だ！」

「本当ですか？　撫でちゃいますよ」

「どんな言いがかりだよ！　だいたい、話の流れが、おかしいだろうが」

「だって可愛いから」

　しかし、後にして思えば、これがまずかった。

「うおっ！　こんちゅわ～ん！」

「‼」

「⁉」

西の空に太陽が沈む一方、ネオンが灯り始めた歌舞伎町の入り口で、二人の舎弟を伴い闊歩していた兄貴に見つかってしまった。

これこそ山で熊に遭遇した状態だ。

なんのために、大和が孤塚を送ってきたのかわからない。

そもそも匿い、匿われていた意味って⁉　と、互いに問うたところで、どちらにも答えられない。

里の両親ならぬ狭間の狼が知ったら、さすがに普段は寡黙な彼でも「いったい何してんだお前らは！」と吠えそうだ。

永劫たちにまで、「あん！」「おん！」と、叱られそうな気までしてくる。

「いつ見ても可愛いでちゅね〜。あ、仔犬の兄ちゃん。また、抱っこさせてもらってもいいか？」

だが、そんな大和と孤塚の心情など知るよしもなく。

ヤクザな兄貴は、変化した熊がダークグレーのスーツを着込んだような大きさと厳つさで、孤塚の抱っこを低姿勢でお願いしてきた。

（うわっっっっ。いや、待て。落ち着け、僕！　ここにいるのはこんちゃんだ。そして、変化した孤塚さんを守れるのは、僕だけだ！）

一瞬リュックごと孤塚を抱きしめるが、大和は大和で腹を括った。

「……あ、はい。どうぞ」

若干引きつった笑顔で、リュックの中で逃げ惑う孤塚を掴むと、兄貴へ差し出す。

——テメェ！　結局俺を売るのかよ‼

ただ、内心で何を叫ぼうが、孤塚は根っから接客のプロだ。

いざ、兄貴の手に渡れば、

「こんっ」

愛くるしい容姿につぶらな瞳を武器にし、狼や烏丸が見たら茶を吹きそうな笑顔を兄貴へ向けた。

大和が見ても、これに勝てるのは未来・永・劫のトリプルキュートしかないだろう。

一匹ずつでは、動物タレントも真っ青な孤塚には、敵わないかもしれない。

「こんちゅわ～ん。可愛いでちゅね～」

「うわっ、兄貴！　こんなところで、発病しないでください」

「落ち着いて！　落ち着いてください‼」

「うるせぇ、黙れ。こんちゅわんが怯えるだろう！」

「兄貴～っ」

こうなると、気の毒なのは、すっかり化かされてデレデレになっている兄貴と、そんな兄貴を周りに見られないように身体を張って隠している舎弟二人だ。

（気持ちはわかるけど、やっぱり愛情表現が激しいな～）

それにしても人間のほうは妹に、省エネのほうはその兄貴に惚れ込まれるなど、兄妹揃って趣味が似ているのか、孤塚にとっては厄介な存在だ。天敵兄妹だ。

しかも、ここで孤塚が開き直って愛嬌を振りまきすぎたためか、

「でも、つぶらな瞳にバランスの取れた顔つき。毛艶はいいし可愛いしで、確かに子狐としては美形っすよね」

「狐界での評価はわからねぇけど、少なくとも人間受けはするな。ＣＭに起用されるような動物タレントでも、ここまで可愛い子は見たことがねぇし」

どうやら舎弟たちにまで、気に入られてしまったようだ。

「なぁ兄ちゃん。この子、兄貴に譲ってくれねぇか？」

「俺らもきっちり世話すっからさ」

（えっ⁉）

だが、こうなると大変なのは大和だ。

こんちゃん姿なら安全に守れると思っていたのに、そうもいかなくなってくる。

「すみません。こんちゃんは今、わけがあって僕が預かっているんですけど、ちゃんと飼い主さんがいらっしゃるんです」

「そしたら、その飼い主を紹介しろや。直接交渉すっからさ」

「いえ、それは――無理です。本当に可愛がっているし、こんちゃんだって、飼い主さんが大好きなので」

しかも、いもしない飼い主に会わせろと言われたところで、無理だ。

たとえ本当にいたとしても、紹介できるはずがない。

いくらなんでも相手が物騒すぎる。

「やめねぇか、お前ら。その兄ちゃんにだって、預かってる責任ってぇのがあるんだぞ。ましてや、こんな可愛い子。普通に考えたって、誰が手放すか」

すると、ここで兄貴が舎弟たちとの話を遮ってくれた。

大事に抱いていた孤塚を大和のリュックへ戻すと、「ありがとうな」と言って、大和の前から離れていく。

「でも、兄貴！」

「そこはきちんと、払うものを払えば――」

「やかましい！　世の中には、金じゃ買えねぇものもあるんだよ！　ましてや、こんちゃんの幸せは、こんちゃんにしかわかんねぇだろうに！　勝手なことを言ってんじゃねぇぞ、お前ら」

「――兄貴」

慌ててあとを追う舎弟たちをも、黙らせてくれた。

ただ、急に止まって振り返ると、足早に大和の前へ戻ってくる。

(え⁉)

スーツの懐から財布を掴み、おもむろに中から札を引き出したと思うと、ビビる大和のリュックへ突っ込んでくる。

「兄ちゃん。舎弟たちが、無理言って悪かったな。大した詫びにもならねぇが、前のわんこ同様。それで、こんちゃんにおやつでも洋服でも買ってやってくれ」

「え！　駄目ですよ。受け取れません！」

大和が慌ててリュックに手を入れるも、中では孤塚がお札を敷いて、寝転んでいる。

まるで、これは俺のサービス料だと言わんばかりだ。

「兄ちゃんにやるって言ってねぇよ。こいつは、こんちゃん用だ。じゃあ、またな」

「え、は。はい」

そうして偶然出会った兄貴は、舎弟たちを引き連れて、その場から立ち去った。

大和は孤塚の入ったリュックを今一度抱きしめると、

(とにかく、今は孤塚さんを送っていくか――)

まずは孤塚の勤め先であるホストクラブへ向かった。

(ん？　鳩？)

ただ、その移動中、このあたりでは見たことのなかった鳩の群れが、上空を横切ったことに目が行った。

とはいえ、どこでも見かける野鳥だけに、なんら不思議なことではない。

（ああ。でも、孤塚さんが、その辺にいる鳩や鴉に頼んでどうこうって言っていたし、あの鳩たちもきっと知り合いなんだろうな）

しかも、孤塚もごく当たり前のように言っていた。

ただ、いつも見かけるのが鴉の群れ――それも、烏丸が率いているような印象の群ればかりだったので、大和はなんとなく気になった。

それだけに過ぎなかったが――。

# 5

孤塚だろうが、こんちゃんだろうが、大和自身が彼を匿うことには、なんら問題は感じていなかった。

一人暮らしの部屋に、誰かがいるのはいいものだ。

ましてや早番の今、仕事から帰るとホカホカなご飯が炊けている。

仕事から戻った孤塚に「お帰りなさい」と声をかけるのも、実家を思い出して、温かな気持ちになるばかりだ。

しかも、室内では基本省エネサイズでいてくれるので、孤塚が何をしていても眼福だ。

いっそこのまま居着いてくれないかと思う。

（でもな――）

だが、孤塚自身のことを考えるなら、一日も早く元の生活に戻れるに越したことはない。

兄貴の妹が他の誰かに心移りをするのが、一番手っ取り早いのだろうが、そう簡単なことではないだろう。

ましてや、自分を好きで通ってくれるお客さんがいてこそ成立するのが孤塚の仕事であり、ナンバーワンの座だ。

孤塚自身は――、

〝多少は時間がかかるかもしれないが、どうにか解決する。そもそも、ここのところエキサイトしている客は一部だし、これが初めてのトラブルというわけでもない。ある程度の期間、売れっ子をやっていれば経験することで、対応もできる。店もそこはわかっているので協力的だし、今もあちらこちらに根回しはしているところだ〟

――とは、言っているが。

（よし！　決めた。やっぱり味方は多いに限るし、何よりこれ以上ないってレベルのシェルターがあるのに使わないなんて、それこそもったいないもんな！）

大和は、万が一にもこれが長期戦になったときや、兄貴たちが更なる強硬手段に出てきたときのことを考えて、やはり狼たちには事情を話すべきだと思った。

心配する狼を「心配ない」と突っぱねた手前、現状を説明しづらい孤塚の気持ちも、わからなくもない。

しかし、先日〝飯の友〟へ行ってからもう四日目だ。

すでに「今日の今日」ではない。

何より大和からすれば、気にしているのは孤塚だけで、狼が「それ見たことか」なんて言うとは思えなかった。

　仮に思ったとしても、そこはグッと言葉を飲み込んでくれる気がしたからだ。

（連れていくなら今日しかない。次の休み、三連休までは早番だし、僕が帰宅してからじゃ孤塚さんが仕事だ。それに、今ならまだ寝ぼけてる……）

　大和はすっかり馴染んだバスタオルに埋もれてだらける孤塚の耳から、カフスを外して財布へ入れた。

「――ん？　あ？　お前、何してんだよ」

「僕、今日はお休みなので、ランチからディナーまで〝飯の友〟って決めてるんです。なので、孤塚さんも行きましょう」

「だったら一人で行ってこいよ。何で俺まで、しかもカフスを返――うわっ‼」

　そのまま孤塚を掴むと、空のリュックへ入れて、とっととファスナーを閉める。

　中で「何すんだ！　出しやがれ！」と暴れているが、「はいはいはい」とリュックの上からポンポンしておしまいだ。

「だって、一人でお留守番させたら、心配じゃないですか。それに、孤塚さんだって、本当は行きたいでしょう、〝飯の友〟へ」

　そうして羽織った上着のポケットへ財布を突っ込み、あとは孤塚に有無を言わせずに部屋を出る。

目的地へ到着するまで話を聞くつもりがないのは、大和がリュックを背負ったことでもよくわかった。


夏の太陽が頭上へ向かう正午前。

週末とあり、新宿御苑には出入りする客も多かったが、大和は颯爽と走って旧・新宿門衛所を通り過ぎた。

「あ！　大ちゃんだ!!」

「あんあん」

「きゅおん」

狭間世界——店の前では、仔犬のような姿をした未来と永と劫が遊んでいた。

大和の姿を見るや否や、大はしゃぎ。

未来はすぐに、耳と尻尾はそのままに、幼児の姿に変化する。

「みんな、四日ぶり～」

「あれ、お昼？　そしたら、ご飯のあとは、またお仕事？」

しかし、この時間に現れたからか、未来が少しだけ残念そうな顔をした。

「今日はお休み。晩ご飯が終わるまでいられるから、未来くんたちが平気なら、お昼ご飯を食べたあとにいっぱい遊べるよ」

「やったー！」

大和の予定を聞くと、両手を広げて飛びつく。

足下には永と劫もじゃれついており、大和はこれだけで破顔しそうだ。

（もう、可愛い～っ）

未来はいったん離れると、店の引き戸を開けて「どうぞ～」をしてくれる。

同時にカレーのいい匂いがして、本日のまかないランチの内容を教えてくれた。

「狼ちゃん！　大ちゃん来たよーっ」

大和はすかさず永と劫を抱えて中へ入る。

「狼さん、こんにちは」

「おう。いらっしゃい」

準備中の店内では、狼が仕込みをしていた。

だが、いつもなら歓迎の挨拶で迎えてくれる烏丸の姿がない。

「――、烏丸さんは？」

大和は四畳ほどある座卓スペースに永と劫を下ろし、背負っていたリュックも肩から外した。

「鳥内会（ちょうないかい）！　ご近所の鳥さんたちの集まりに行ってるよ」

「鳥内会――ああ、町内会ってことかな。へー。そういうのもあるんだね」

すると、未来がまた面白いことを教えてくれる。

その一方で、手にしたリュックに向かって、永と劫が吠えている。

「あ、そうだ」

大和はその場でリュックのファスナーを開く。

すると、空いたと同時に孤塚の耳が出る。

「お前！　いい加減にしろよな！　俺様をぶっ込んだまま走るとか、行き先が違うと、こんなに扱いまで違うのかよ！」

「こんちゃん⁉」

孤塚は畳の上へ飛び出し、いきなり文句を放った。

しかし、未来には驚かれ、永と劫には飛びかかられた。

似たようなサイズなので、いい遊び相手とばかりに、ハグをされたり、甘噛みを受けたりして大変だ。

「ふっひゃっひゃっひゃっ～っ。やめろ、お前ら！　くすぐってぇよ」

「あ～ん」

「お～ん」

「え？　でも、どうして大ちゃんのリュックから――⁉　狼ちゃん、大変！　こんちゃん、

「またお耳の飾りをなくして、ちっちゃくなってる！」

しかし、省エネ姿にというよりは、耳にカフスがないのに気がついたからか、未来が血相を変えて大声を上げた。

この分だと、カフスをなくしたのは、一度や二度ではないのかもしれない。

未来でさえ、この状態が孤塚にとっては一大事なのだと理解している。

そして、その結果――。

「……というわけなんです」

大和は、孤塚が永と劫に遊ばれている間に、狼に事情を説明した。

「それは大変だったな――、大和が」

「え？」

ただ、この言葉は想定外だった。

狼は、永と劫から逃れて、カウンターに飛び上がってきた孤塚には何も言わなかったが、代わりに避難所を提供している大和に同情の言葉を発したのだ。

「でも、まあ。こいつは俺よりなんでもできるし、今回もうまく片づけるんじゃないか？ただ、うちはいつでも来て平気だし。だいたい、普段は好き勝手に出入りしてるんだから、今更気を遣うことでもないだろうしな」

しかも、大和の前には未来も一緒に食べられるような甘口の、それもごろっとした野菜が煮込まれたカレーライスが出てきたのに対し、孤塚の前には豆皿に入った水と茹でたササミをちぎったものを出してきた。

「おい！　これは飯じゃなくて餌だろう！」

「あ、すまん。つい――」

「しれっとした顔で嫌がらせするな！」

「いや、俺は見たままのサイズに合わせただけだからな」

その上、怒る孤塚をカウンター内から見下ろし、ニヤリと笑うと同時に利き手を伸ばして、大きな手で小さな頭を撫でた。

「フーッ‼」

どうやらこれが狼流の「それ見たことか」らしい。

孤塚が羞恥と怒りからか、顔を真っ赤にして全身の毛を逆立てている。

(狼さんってば)

もちろん、このあとにはちゃんと大和と同じカレーライスが出されたが、孤塚は「きーっ」としつつも、ササミを両手で持って食べ始めた。

「餌」と言いつつ、出されたものは食べるらしい。

というよりも、蒸しただけのササミとはいえ、狼の手にかかると美味しそうだ。

その証拠に、ササミを頬張る孤塚の尻尾が、徐々にご機嫌になってきたのを示すように揺れている。

「だから、狼にはバラすなよって言ったんだ。この裏切り者」

しかし、こうなると孤塚は思い出したように大和に文句を言ってきた。

「だって、きちんと状況を説明しておくほうが安心じゃないですか。いつ、またどこで兄貴さんたちとばったり会うか、わからないんですよ。あのときはこんちゃんだったからセーフでしたが。僕からしたら、もう北海道も歌舞伎町も変わらないです。ヒグマに遭遇するか、ツキノワグマに遭遇するかの違いくらいしかないんですからね」

「意味がわからねぇよ、その違い」

グチグチ言いつつも、大和に向けて空になった利き手を差し出す。

「すみません。生息地こそ違えど怖さは変わらないって意味で言いました」

大和はおしぼりを手にすると、孤塚の小さな手を取り、ふきふきする。

だが、これは「違う！」と叫ぶと同時に、恥ずかしそうに引っ込められた。

「カフスだよ、俺のカフス！」

「あ、すみません。そうでしたね」

大和が本気で間違えたのがわかるだけに、孤塚もそれ以上は怒らなかった。

しかし、このやりとりを見ていた狼からすれば、ただのお笑いだ。

むしろ、孤塚のほうがいいようにあしらわれているとしか見えなかったのだろう。

「クククッ」

財布の中からイヤーカフスを取り出し、孤塚に返すときまで「つけましょうか？」と笑顔で言ってのける大和を見ながら、肩を震わせた。

耳と尻尾まで連動して、ヒクヒクしている。

「それにしても、孤塚さん。狭間世界にいても、これがないと変化するのはしんどいんですか？」

「いや、ここなら全然。ただ、そのまま忘れられたら困るだろう」

「あ、ですよね」

狼が笑いを堪える前で、ようやく話が終わったのか、大和と変化した孤塚がカレーを食べ始めた。

（美味し〜。舌でジャガイモが潰れる。豚コマ、ジャガイモ、人参、玉葱の、これぞ市販カレールー箱の裏の説明どおりに作りました！　って味。そういえば前に、狼さんは鼻が利きすぎて香辛料系は苦手だって言ってたから、それもあって忠実に作っているのかもな）

——と、ここで大和が、いつもと様子が違うことに気がついた。

「あれ？　どうしたの未来くん？　こっちで食べないの？」

大事な話をしていたが、もう終わった。

それにもかかわらず、座敷にいた未来が仔犬の姿に戻り、永や劫と一緒に丸まっているのだ。

しかも、こちらに背を向けている。

「もしかして、お腹でも痛くなったの？」

大和は慌てて席を立った。

それに驚き、狼も座敷へ視線を向けて、孤塚も席を離れて寄っていく。

「痛いの？　どこ？」

大和が座敷に腰を下ろして、未来の背に手をかけ、優しく撫でた。

すると、未来がゆっくりと振り向く。

「ちがう……、じゅるい」

ベソベソと涙を零しながら、大和と孤塚のほうを見上げてくる。

それも未来だけでなく、永と劫まで一緒にだ。

「え？　あ、ごめんね。先にいただきますをしちゃったもんね」

「ちがうっ……。こんちゃんだけ、大ちゃん家にお泊まりしたの……」

（え！）

未来はそう言うと同時に、その場に大の字を書くようにひっくり返った。

そして、

「じゅるいよ〜っ！　未来たち二つも三つも待ってたのに、こんちゃんだけ、大ちゃんのお家で――。じゅるい〜っ。うわぁぁぁ〜んっ！」

「あんあ〜んっ！」

「きゅおお〜んっ」

これに続けとばかりに、永と劫もひっくり返って、三匹揃って、「じゅるい」「じゅるい」と鼻水交じりの大騒ぎで、短い足をパタパタし始めた。

永に限っては、元気がよすぎて、お尻ごと左右に揺れている。

しかも、その振った足で頭を蹴られた劫が、「きゃんっ！」と更に鳴く。

こうなると、大和は絶句だ。

「おっ、おい！」

孤塚など「どうして俺が責められるんだ⁉」と言わんばかりに困惑していたが、狼は視線を逸らすと「ぷっ」と噴き出していた。

カウンターの陰にしゃがんで、全身を震わせている。

(こ――、これは、人間の子で言うところの、買って買ってなのかな？)

店でも幾度か遭遇したことのある「大の字イヤイヤ」。

しかし、あれは自分の思いどおりにならない、欲しいお菓子やおもちゃを買ってもらえない幼児が、親の世間体を崩壊させる勢いでやらかすものであって、今の未来たちとは大分違う。

なぜなら未来たちは、大和が〝飯の友〟へ来るのを毎日毎日楽しみに待っていた。

それこそ、一つ二つと数えながら、今日の日を。

にもかかわらず、大和は孤塚を匿っていたとはいえ、この三日間は大した残業もないのにまっすぐに自宅へ帰った。

それどころか、孤塚の飯ウマにあやかりつつ、省エネこんちゃんのお世話にはしゃいで、毎日「うふふ」「へへへ」「ひゃっほー」ですごしてしまったのだ。

しかも、幾度となく「ここに未来くんたちもいたらな～」と思いながらも、結果としては〝飯の友〟へは足を運んでいなかった。

いくら、狼に内緒にしていた、毎日店まで送っていたと言ったところで、ここへ来始めた当時の大和を思い返せば、考えられないことだ。

「違うよ、未来くん！　孤塚さんは狡くないよ。怖い目に遭ったから、うちへ逃げてきただけで。僕がもっと早く、ううん。すぐにでも狼さんに相談しに来たら、よかっただけで。それなのに、今日になっちゃって。ごめんね、未来くんっ！」

とはいえ、他にたとえが浮かばなかったが、大和は生まれて初めて「浮気者！」と責められたような気になった。

名指しで嫉妬をされているのは孤塚だが、「ふへへ」の自覚があるだけに、良心がズキズキと痛む。

それもあり、感情としては当たらずといえども遠からずな気がしたのだ。

「ううん……ひっく。そうだよね。こんちゃん、怖くて逃げてたから、じゅるくないんだよねっ。ごめんね、こんちゃん」

「未来」

未来は起き上がると、すっかり耳を垂(た)れさせた頭をぺこりと下げて、逆に孤塚を困らせた。

しかし、それでもベソベソがなかなか止まらない。

「でもね、未来も……大ちゃんのお家(うち)へ……行ってみたいよぉ～っ。雨のお散歩の次は、遊びに行きたいなって、お泊まりしてみたいなって、おねだりしたかったのに～っ」

「あんっあんっ」

「きゅおんっ」

どうやら未来なりに、永や劫と一緒にウキウキ、ワクワクとした、大和へのおねだり計画があったようだ。

ただ、一緒に御苑の外周を散歩してから、次のおねだりは今初めて聞いた。

とすれば、狼に「おねだりばっかり駄目だ。大和も仕事なんだから」とでも言われて、我慢していたのかもしれない。

大和は今一度、未来の背中を撫でた。

「そしたら、未来くんたちもうちへ遊びに、お泊まりにおいで。狼さんがいいよって言ってくれたら、いつでも大丈夫だよ。なんなら今日でもいいくらい」

未来は、大和が「お泊まり」と「遊ぼう」を連呼すると、耳をピン！ と立てて顔を上げる。

「本当？」

絶妙な角度で小首も傾げる。

「うん。あ、もちろんそれがなくても、今日はこれからいっぱい遊ぶし、未来くんたちの好きなことするけどね！」

「わーい！ やったー!! 未来、今日お泊まりする！ ここでもいっぱい遊ぶ！ ありがとう、大ちゃん！ 大好き～っ！」

「うん。僕も大好きだよ。それなのに、すぐに未来くんたちの気持ちに気づけなくて、ごめんね」

その場で両手を開くと、「大ちゃん！」と叫んで飛びついてくる。

お尻ごと尻尾をフリフリさせながら喜ぶ姿は、やはり孤塚の可愛いとは違う。

（駄目だ――、もう!! よくわからないけど、胸がきゅんきゅんする！ 苦しいくらい、可愛いよぉぉぉっ）

何より、未来は大地からのぎゅーっを心から喜んで、また精一杯返してくれる。

これぞ相思相愛だ。

「ううん。未来もごめんなさい。大ちゃん悪くないのに」

「未来くん！　永ちゃんも劫くんもごめんね」

そうしてすぐに仲直り。

別に喧嘩をしたわけではないが、大和は未来と一緒に永と劫も抱え込むと、しばらくモフモフタイムに心酔した。

「大ちゃ～ん」

「あんあん！」

「きゅお～ん」

また未来たちも、ここぞとばかりに大和の腕の中で、甘えっ子タイムを堪能している。

全員、機嫌は直ったようだ。

「なんだこれ？」

思わず孤塚がぼやいて、カウンターの席へ戻る。

「まあ、見たままってことだな。それより、未来！　こっちへ来て、先にご飯を食べろ。永と劫には今ミルクを持ってくるから」

しかし、これらは狼からのかけ声によって、すぐに元へ戻った。

未来と永と劫も実際のところはお腹が空いていたのか、

「はーい」

今一度大和に頭を撫でてもらうと、きちんとご飯を食べ始めた。

＊＊＊

しっかりデザートまで食べ終えたランチタイム終了後。

大和は未来が「キノコを採りに行こう！」と言い出したので、このあとはキノコ狩りをすることになった。

一瞬（キノコ？　毒は大丈夫？）と、不安になったが、このあたりは未来や永・劫だけでなく、一緒に行く羽目になった孤塚も見分けられたし嗅ぎ分けられた。

少なくともこれまでに食べたものと同じなら大丈夫――と、自生している椎茸（しいたけ）や松茸（まつたけ）、舞茸（まいたけ）やシメジを採ることにした。

ついでに桃やりんごがなっていたので、それも採ってきた。

（ハウスでもないのに、舞茸や松茸、桃やりんごを一緒に収穫するなんて）

農家育ちの大和だけにいまだ慣れないが、狭間世界の旬（しゅん）の食材と人間界――日本のそれとは、かなり異（こと）なった。

特に植物は勝手気ままで、個々に気が向いたときに実るらしい。それも毎年同じ周期とも限らず、大和の好物である栗も、今年は七月に実っていたくらいだ。

ただ、それでも美味しいは正義だ。

そして今夜はキノコ尽くし定食で決定だ。

その後は孤塚を店まで送り、再び〝飯の友〟へ未来永劫を迎えに行ったら、そのままお泊まりで。大和は明日も早番なので、行きがけに〝飯の友〟へ送っていくことになるが、未来たちからすれば寝床が変わるだけでも嬉しいようではしゃぎまくっている。

しかも、これを知った孤塚も、

「なら、寝ているこいつらを起こすと悪ぃから、今夜は俺がこっちに帰るよ」

――と、狼のところへ泊まると口にした。

きっかけはどうあれ、これで安心だ。

問題が解決するまで、どこに泊まるかは孤塚が決めればよいことだが、その選択肢が増えて、いつでも駆け込めるシェルターが確保されたのはいいことだ。

（よかった！　どんなに狼さんが〝いつでもどうぞ〟と言っても、孤塚さんとしては何かしらの言い訳があったほうが帰りやすいだろうし。未来くんたちを理由にできるなら、それに越したことはないもんね）

大和はいっそう喜び勇んで店へ戻ると、収穫したキノコを狼に預けて、まずは遊び疲れた永と劫をサークル内へ寝かせた。

その後は、狼が作ってくれたフレッシュジュースを飲んでひと休みしていたのだが、そこへ烏丸が戻ってきた。

「ただいま戻りました」

「え⁉　烏丸さん！」

見た瞬間、大和は驚きの声を上げた。

「からちゃん！」

「どうした？　まさか喧嘩か」

未来や孤塚も一緒になって驚いている。

なぜなら、帰ってきた烏丸の顔や手にはひっかき傷がついており、髪もボサボサだ。

表情も能面(のうめん)のようで、憔悴(しょうすい)しきっている。

「烏丸」

しかも、傷はさておき、この場には大和や孤塚がいるにもかかわらず、口角も下がりっぱなしでニコリともしない。

さすがにこれはただごとではないと思ったのだろう、狼もカウンターから出てきた。

「何かあったのか？　まずは奥で休んでいいぞ」

「いえ、大丈夫です。それより店主たちに、ご報告があるので」

狼が促すも、烏丸は深い溜息と共に、話を続けた。

「俺たちに報告？」

「それって、俺にも関係あんの？」

「一応、この場にいらっしゃる方全員にです」

「僕も？」

「はい。すみません。実は——」

大和は、孤塚ならまだしも、人間である自分まで報告の対象に含まれていると言われて、ドキドキし始めた。

今更のことだが、突然ファンタジーゲームのような試練が与えられて、この狭間世界で旅でも始まるのか？

モンスターでも出現したのか？

いきなり僕は勇者？

などと、身構えてしまったほど。

それほど烏丸が何かに襲われ、すでに戦ってきたようにしか見えなかったからだ。

しかし、実際のところは、まったく違った。

「え？　代々木公園の動物たち対、新宿御苑の動物たちで運動会をするんですか？　それも人間界と狭間世界の動物がごちゃ混ぜで⁉」

「はい」

「いったい、何がどうしたらそうなる？」

「それが――」

なんでも、ここのところ代々木公園あたりを根城（ねじろ）にしている鳩たちの数が急増し、地元の鴉たちと争いになった。

それで、いっそ縄張りを広げようとしたところで、今度はこちら――新宿御苑周辺の鳩たちと対立することになり、そこでも争いになった。

しかし、それにいち早く気づいた烏丸が仲裁（ちゅうさい）に入った。

血気に逸る鳩たちを「まあまあ」と抑え、渋谷（しぶや）区の鳥会長に話を持っていき、そこで今日の合同鳥内会での話し合いの場が設けられたそうなのだ。

――が、そこで代々木の鳩たちが逆ギレした。

〝ふざけんな！　もともと代々木鳩の増加は、一部の鳩たちが新宿鳩と結婚し、巣作りを代々木側で行ったことが原因だ。いったんはそっちの鳩を受け入れたんだから、溢（あふ）れた分が戻るくらいは許せ！〟

〝もっと寛容（かんよう）に若い鳩たちを受け入れろ！〟

――ということらしい。

だが、それを言ったら、代々木から新宿に嫁や婿に来た鳩たちだっている。

すでにこちらは受け入れているぞ——と返したところで、

〝そんなことを言っても、人間の線引きによって、渋谷区のほうが新宿区よりも狭いんだから仕方ないだろう！〟

〝だったら文句は人間に言え！〟

——と、やはり荒ぶった鳩たちの戦いが起こったらしく、ここでも仲裁に入った烏丸が流れから、突きや肩羽のラリアット、跗蹠（ふせき）蹴りを食らってこのざまだ。

大和はこの時点で、

（鳩って、境内や公園でポッポーってイメージしかないのに、烏丸さんまで巻き込んで乱闘とか……。実は荒々しいんだな）

培（つちか）ってきたイメージが壊れて衝撃を受けていた。

ただ、こうなると、今度は〝我らの会長に何してくれてんだ！〟と、新宿育ちのオラオラ鴉たちが参戦。

そこへ〝いや。待て〟〝落ち着け〟と雀（すずめ）や鳶（とび）などから新たな仲裁が入れば入るほど、乱闘が大きくなって、最後は温厚な烏丸もぶちぎれたらしく、怒り任せに大鴉（おおがらす）へバン！　と変化。

〝いい加減にしろっ！〟

その場で揉めていた野鳥たちの半分くらいを、港区（みなと）あたりまでぶっ飛ばしたらしい。

しかも、反省するまで帰ってくるな！　の、お達しつきで。

大和からすれば、それだけの野鳥をいきなり飛ばされた港区で、また新たな争いが起こっていないといいが――と、願うばかりだ。

それにしても、普段大人しい者がキレると怖いというのは本当だ。

特に烏丸は、狼たちのように獣人になることができず、変化は人間になるか鴉としての大きさを変えることしかできない。

だが、そのサイズが普通のよく見るサイズを小とし、大中小と三段階で変化ができる。中なら仔犬姿の未来や成獣姿の狼を乗せて飛べるし、大になると成人男性である大和を乗せて飛べるのだ。

そりゃ多少の群れなら港区あたりまでぶっ飛ばすだろう。

とはいえ、ここまで聞いても大和には、どうしてこれで「運動会」という、緩いワードが出てくるのかが、わからなかった。

理解できたことがあるとするなら、最近歌舞伎町界隈を横断していた鳩の群れが、もしかしたら代々木の鳩？　だとしたら、あれは領空侵犯だったのか！　程度だ。

しかし、そこは孤塚も同じだったようで――。

「意味がわかんねぇよ。それって結局、運動会で負けたほうが縄張りを明け渡すってことなのか？」

胸元で両腕を組むと、苛立ちからか尻尾をブンブンさせた。

するとこれには烏丸も「説明が下手ですみません」と言いつつ、

「いえ。縄張りの話は、結局どちらにも姻族のある一族が多いし、今後は二区を共同で使うしかないだろうってことで、まとまりました。ただ、別種族までを巻き込んで、派手に揉めたことも確かなので、あとは気分的な問題というか。この際、一度きちんと親睦会でもしましょうか――みたいなものです」

「親睦会？　それなら普通は、飲めや歌えやの酒盛りになるだけじゃねぇのかよ」

孤塚が眉を顰めて再度質問した。

当然、狼も大和も顔を見合わせて、首を傾げ合う。

「そうなんですけど。この話を聞きつけた向こうの扉の管理人が、それだと酔った挙げ句に、また争いかねない。それならみんなで楽しく運動をして、一緒にお弁当でも食べるほうが健全だ。気分もスッキリで仲直りできるだけでなく、今後二区間での絆も深まるはずだからって」

「代々木……、いや渋谷の扉の管理人ってことは、ドン・ノラか？」

どうやら運動会で親睦を図ろうというのはわかった。

しかし、ここで大和にとっては、新たな人物の名が出たことで胸がドキドキしてきた。

「扉の管理人」という言葉を聞くのも初めてだ。

ということは、狼は「新宿の扉の管理人」なのだろうか？

いずれにしても、今は渋谷だ。

「ドン・ノラさん――、ですか？」

大和は、その名の響きから、野良猫の大将を想像した。

それも「渋谷の扉の管理人」ということは、ここで言うなら、狼の立場を担う者だ。

「渋谷のドン・ノラさん？」

一瞬、その名の響きから、野良猫の大将を想像する。

「代々木公園でイタリアンバルをやってる、キザでイケメン気取りで、女は見たら口説くのがマナーとか言い切る、いけ好かねぇイタチ野郎だ」

孤塚が言うにはイタリアンの店主らしいが、こうした場合はイタリア系のイタチか何かなのだろうか？

大和の脳内では、いったん野良猫大将が消されて、新たにイタチのドン・ノラの姿が妄想されていく。

「えっと……、それは同族嫌悪みたいな？」

「お前！　前々から気になってたんだが、やっぱり俺にはさらっとひどいこと言うよな！　一緒にするな！」

なんとなく孤塚のイタチ版を想像したら怒られた。

「え？　ひどい？　どうしてですか？　キザでイケメンで女性を口説くんですよね？　孤塚さんと一緒じゃないんですか？」

「あっちはただのナンパ、俺は仕事！」

「……あ、はい。僕からすると、違いがよくわからないんですけど。仕事と趣味は別って括りでいいですか？」

「まあ、そんなもんだ」

このやりとりに、狼は「くくっ」と笑っていたが、烏丸はポーカーフェースのままだ。しかし、孤塚から「一緒にするな」と言われたことで、大和はまたドン・ノラのイメージが崩れた。

だが、こうなると余計に気になり、大和はスマートフォンを取り出して検索をかける。

「あの、でしたらイタリアンバル経営のドン・ノラさんって、ヨーロッパケナガイタチさんとかの人間名なんですか？　あ、それだとイタリア語のドンノラか？　和訳でイタチさんってこと？　でも、これだとやっぱり代々木界隈の野良総領みたいな意味にもなるのかな？」

そうして行き着いたのが、ヨーロッパに広く生息する種類のイタチだったが、変化した姿が想像できない。大和の中では、どうしてもシェフとマフィアが喧嘩する。

それに、この名と本体の種類には、関連があるのかどうかも気になり始めた。

それで、そのまま聞いてみたのだが、とうとう烏丸にまで「ぷっ！」と噴き出された。

「くくくっ。大和さん、どこからそんなことを思いつくんです？」

「だな──。そこは気にしたことがなかった」

大和としては、法則があるなら知っておきたいという思いからだったが、狼は気にしたことがなかったようだ。

「──ですね。そもそもドン・ノラ氏はイタリアン・ダンディを気取ってますけど、ホンドオコジョなので在来種ですしね」

これに関しては、烏丸もだ。

しかし、意識した法則がないまま、この人間名ということは、ある意味、人の名字の始まりと同じで、自然と「狼だから大神狼」やら「狐だから孤塚」なのかもしれない。

ドン・ノラのような、ちょっと捻ったハンドルネームじみたものもあるが──。

「まあな。しかも、本来、夏場は茶褐色のはずなのに、俺は冬毛の白がステイタスとか言って、年中冬毛を維持するのに妖力を使いまくってるしな。そのくせ近年の猛暑はただごとじゃない──とか言って、怒って。変わり者と言えば、変わり者だよな」

だが、この捻り方が大和にはツボだった。

（うわっ。ドン・ノラさん！　聞いてるだけで面白すぎる！　コテコテの在来種なのに、イタリアンマフィアまがいを名乗って。その上、夏も冬毛で暑いって！　そりゃ暑いよ！

きっと今、この瞬間も暑いよね！）

「ふっ、ひひひひっ」

　我慢できずに変な笑い声が漏れてしまった。

「大和さん。気に入ってしまったみたいですね」

「だな」

　しかし、ここまで来ると好奇心が止まらない。

「すみません。あと、もう一つ聞いていいですか？」

「どうした？」

「ここや代々木公園に管理者がいるってことは、もしかして皇居とか日比谷（ひびや）公園とか、そういう森林があるような場所には、みんないるんですか？　前に出入り口にしやすいとは聞きましたが」

　大和は改めて、この狭間世界が人間界にどこまで重なって存在しているのか、まずは身近なところから尋（たず）ねてみた。

「ああ。大概いるな」

「もしかして、鳥内会も？」

「ありますよ。今回みたいに野鳥たちが縄張り争いを起こさないように、けっこうしっかりとしたのが」

さらっと答えが返されるも、大和からすればナイスレシーブだ。

(楽しい！　楽しすぎる。というか、それなら鳥内会での飛行機の扱いって、どうなってるんだろう？　羽田周辺は何鳥が会長さん？　まさか、カモメとか!?　――ん？)

ただ、妄想を炸裂させていると、未来がジッと見てきた。

この目は何かを想像して楽しくなり、それを大和と共感したくて仕方がないときの目だ。

大和はにっこり笑って未来に「どうしたの？」と、その口元に耳を傾ける。

「それにしても、楽しく運動って。ノラも無茶を言うな」

「いや、完全に対抗戦になるだけだろう。変に、白熱するだけじゃね？」

「確かにあちらは東京オリンピックの選手村跡地というだけあって、アスリート魂炸裂な方たちも多いですからね。たとえ親睦のための運動会とはいえ、競争となったら本気を出してくるかもしれませんね」

その間も狼たちは代々木サイドの動物たちについて話している。

だが、大和にとっては未来からの「あのね」話のほうが、魅力的だった。

「つーか。絶対、選抜予選とかやるぞ、あいつら――ん？」

それが顔に出ていたのか、孤塚がいかにも楽しそうな大和に気づいて、話を止めた。

孤塚の視線がこちらに逸れたことで、狼や烏丸の視線も自然と逸れる。

「そうだね。ご近所で親睦を深める運動会なんだから、きっと未来くんや永ちゃん、劫くんも出られるような競技があるよ」

狼たちが口を閉じたため、大和と未来の内緒話が丸聞こえになった。

「本当！」

「うん。なかったら作ってもらえばいいだけだし。絶対に可愛いよ、幼児限定の駆けっことか、赤ちゃんたちでポテポテ徒競走、またはハイハイ競走とか」

「わ！　楽しみ‼　未来も駆けっこしたい！　そしたら、からちゃんにお願いして作ってもらおう！」

「あんあん」

「きゅおん」

いつの間にか永劫も起きていたのか、話を聞いて乗り気だ。

サークルに掴まり立ちで、尻尾をフリフリ「あたしも！」「ボクも！」と言っている。

そして、ここまでくると、大和の代々木VS新宿運動会妄想に拍車がかかる。

「他にもリスの胡桃(くるみ)転がしとか、小鳥たちの枝葉の障害物飛行とか。考えたら、きっと可愛い競技がたくさん増やせるはずだしね」

「うん！　大ちゃんすごい！」

狼や烏丸たちが「代々木はアスリート魂炸裂だ」と言っていたのも耳に入っていなかったようで、思いつくまま小動物たちの運動会競技を口にし、未来や永・劫と大盛り上がりだ。

「どうも大和は、思考があっちへ行くよな」

すでに同居一日目にして、大和のツボを理解した孤塚だったが、こうなると更に大和の妄想に拍車がかかる。

兄貴の可愛いもの好きにも困ったものだが、大和はそれ以上だ。なんでも、どんなことでも可愛い方向に持っていく才能――妄想癖まで伴っている。

もしくは、あの目には特殊なキラキラフィルターがかかっているのではとさえ思う。

「でも、子供たち中心でやるなら、楽しい運動会になるんじゃないか？」

ただ、大和の才能に関しては、省エネサイズに変化することのない狼は寛容かつ、危機感はゼロだった。

「そうですね。この際、子供中心の催し物にしてしまえば、どんなアスリートが出てきても、多少は和やかになるでしょうしね。早速、代々木へ案を出してみます」

大きさこそ変えられるものの、成人成獣な烏丸も同様だった。

ただし、いずれも独身者なので、小さい子を持つ保護者ほど、可愛い盛りにかけた白熱度合いが違うということを知らないようだ。

これが人間界なら園児の運動会が一番ヤバい。

次に小学校だ。

そもそも、普通に考えれば、動物も野鳥も子を持つ保護者の白熱ぶりは、大差がないだろうに。

「お弁当も楽しみだね」

「狼ちゃん、何作ってくれるのかな？　大ちゃんは何が好き？　未来はタコさんウィンナーと玉子焼き！」

その後も大和と未来は、運動会のお弁当妄想話に花を咲かせた。

「唐揚げ！　アスパラのベーコン巻きや筑前煮（ちくぜんに）も美味しいね」

「絶対おいしーっ！　でね、おにぎりや海苔巻き。あと～、お稲荷（いなり）さんもあったら、いいな～。いいな～。いいな～」

どんどん声が大きくなって、狼に当日のメニューをおねだりし続けた。

# 6

ほかほかに炊けたキノコご飯に、サクサク衣のキノコの天ぷら。

酒のアテにもなりそうなキノコのアヒージョに、肉厚キノコのぷりぷり素焼き。

キノコと野菜たっぷりの豚汁（とんじる）、そしてトドメにフレッシュな桃とりんごのデザート。

そんな「美味しい」連呼の夕飯を食べ終えると、大和は予定どおり孤塚をリュックへ入れて、歌舞伎町の店までひとっ走りした。

そして、急遽（きゅうきょ）決まった未来たちのお泊まり会を決行するべく〝飯の友〟へ戻り、今度は未来と永・劫を、容量的にはギリギリだが、リュックへ入れてアパートの自室へ帰る。

本当なら、未来には完全な人間の幼児に変化してもらう予定だったが、今夜はその変化エネルギーとなる月光が新月前でほとんど届かない。

こんなことなら太陽光のエネルギーが燦々（さんさん）と降り注いでいた日中に移動しておくべきだったが、うっかりしてしまった。

でも、三匹まとめて抱えたところで、十キロもない。

「狭くてごめんね。少しの間だから、できるだけ声も出さないでね」

むしろ、未来が永を抱っこ、劫をおんぶする形で入っているにもかかわらず、大和の言ったことを守り、ジ～ッとして頑張っている姿を覗き見たら軽く感じる。

そうでなくても三匹揃ってリュックの口から大和を見上げ、ずっとワクワク、ニコニコした顔を向けてくるのだ。

しかも、「重くない？　大丈夫？」と聞いてくれる。

「平気だよ！　大丈夫だからね」

「大ちゃん、力持ち！」

「ありがとう」

大和はリュックを抱きしめるたびに、身体の奥から力が湧いてくるようだった。

そして――。

（どうか、誰にも会いませんように！）

大和は祈りながらアパートのエントランス、エレベーターフロア、エレベーターと移動し、最後に七階の廊下を足早に突き進んだ。

すると、運よく住民の誰とも会わずに自室へゴールすることができた。

（よかった！）

些細なことだが、大きな達成感に包まれる。

しかし、念には念を入れて、大和はしっかりドアの鍵をかけて、明かりを点けた奥の部屋まで進んでから、未来と永・劫をリュックから出した。

「お待たせ。狭かったでしょう。ごめんね」

真っ先にエアコンをつけて、部屋の中央に置いているローテーブルを端へ寄せる。そして朝まで孤塚が寝ていた座布団とバスタオルもいったんテーブルの下へ入れる。

「ふ〜っ」

「あ〜ん」

「お〜ん」

未来が息継ぎをしながら四肢を伸ばすと、永と劫もそれを真似て身体を伸ばす。

どんなに小さくても、三匹ともなると、一気に室内が賑わったように見える。

「えいちゃん、ごうちゃん。しーだからね」

「あん」

「おん」

だが、実際の未来たちは小声でコソコソしながら、お座り。

とても静かに大和の部屋をキョロキョロと見渡し始めた。

(すごい、お利口(りこう)だ！　出がけに狼さんが言いつけてくれたのもあるけど、未来くんだけでなく、永ちゃんや劫くんまで静かにできるなんて)

それでも好奇心旺盛な未来は、すぐに室内を回り始めた。

初めて目にする家具や家電も多いようで、特にソファベッドを見上げては、楽しそうに耳をヒョコヒョコ、尻尾をフリフリしている。

また、それを見た永と劫も、未来のあとをくっついて回り、見ているだけで大和は至福だ。

「これが大ちゃんのお家なんだ～」

「未来くんのところみたいに広くないけどね」

「え？　未来、ここ好き！　大ちゃんの匂いするよ。床もふかふかで気持ちいいの。ね、えいちゃん、ごうちゃん」

「あ～んっ」

「きゅお～ん」

未来たちは、敷いていたラグが気に入ったのか、その場でコロンと横になった。

揃って足をパタパタ、頬をスリスリし始める。

「そっか。よかった。あ、そうか。未来くんたちのところは店も自宅も日本家屋。畳部屋だから、ラグは敷いて――ん？」

ただ、コロコロ転がる三匹を撫でまくろうとしたそのときだ。

ラグに三匹から抜け落ちたらしき毛が、たっぷりとついた。

「え⁉　これ、どうしたの？」

狼だけに毛が抜けることは普通にあるだろうが、それにしても量が違った。

一瞬、禿げたかと思うくらい、まとまって落ちていたのだ。

「あ、ごめんなさい！　毛が」

「ううん。謝らなくていいよ。それより、まさか怪我？」

大和は慌てて未来と永・劫を手元に寄せた。

リュックのファスナーなどに引っかけた覚えはなかったが、自分が気づかなかっただけかもしれないし――と、まずは身体をチェックする。

「違うよ。毛が生え替わるやつ。だから、いつも狼ちゃんやからちゃんがブラッシングしてくれるんだよ」

ただ、ここは未来が満面の笑みで否定してくれた。

そして、両前足を駆使して、せっせと抜けた毛をかき集めると、その後は自分たちが入ってきたリュックの中に頭から突っ込んでいく
「――あ！　もしかして、換毛期とかってやつ？」

大和は上着のポケットからスマートフォンを取り出すと、オオカミと換毛期で検索をした。

「あ、出てきた。――そうか、春や秋だけでなく夏の場合もあるんだ」

「うん。だから、狼ちゃんが持たせてくれたお泊まりセットにもブラシが入ってるよ。これすると、えいちゃんとごうちゃんはスーって寝ちゃうから」

未来は未来で、リュックの中に一緒に入れてきたお泊まりセットの袋を引っ張り出した。

そうは言っても、お泊まり初回の今夜は、ここへ寝に来ただけだ。

大和が明日仕事というのもあり、お風呂などは次にしようと決めてきたし、トイレもきちんとすませてきた。

そのため、狼が小袋に入れて持たせたものも、永と劫がお腹を空かせたときのための粉ミルクのスティック二本とブラシだけ。

明日の出勤前には〝飯の友〟へ送っていくし、そもそも緊急事態が起こったときには、未来の「わん」のひと吠えで、烏丸がひとっ飛びで来てくれることになっている。

その上夜明けが来れば、未来たちは人間の子にも変化ができるし、そこまで何かを準備してくる必要もなかったのだ。

しかも、大和は大和で、未来たち用のグッズを買い置いている。

「そっか～。そしたら今夜は僕もしていい？」

「え⁉　大ちゃんがしてくれるの！　やったね‼」

「実は僕もブラシとかいろいろ買ってあるんだ。前に首輪やリードを買ったときに、見ていたら欲しくなっちゃって」

大和はクローゼットの中から、買っておいたブラシを取り出し、未来と永・劫に「これ！」と見せた。

「わ〜。そしたら、永ちゃん、劫ちゃん、同時にできるね！」

すると、永と劫は「やってやって」とばかりに、ブラシを持った未来と大和にそれぞれ身を寄せた。

ここからは換毛期のお手入れタイムだ。

（もう――、平静が保てない。顔がにやけて止まらない）

未来は永の、大和は劫のブラッシングをしながら、毛を綺麗にしていく。

二匹ともよほど気持ちがいいのか、初めこそ「ここも」「こっちも」と催促するように足をパタパタしていたが、ものの五分も経たないうちに眠ってしまった。

満足そうな寝顔が、大和の幸福感を更に上げてくる。

（まあ、そうでなくても、今日は一日よく遊んだしな）

大和は二匹を抱えると、ベッド上の壁際、枕のそばに寝かせた。

「大ちゃん、未来もね〜」

すると今度は未来がラグの上でコロンと横になる。

「はーい」

大和はブラシを持つと、優しく優しくとかしていった。

幼児の未来も可愛いが、仔犬化している姿もまた絶品だ。

「気持ちいい〜っ」

「本当？」

「あ、そこはくすぐったい〜っ。きゃっはははっ」

それでも脇の下からお腹周りは弱いらしい。

（可愛い――っっっ‼）

なんだか興奮しすぎて、今夜はどうにかなりそうだ。

測りこそしなかったが、実際のところ少し発熱していた大和だった。

三匹と共に眠りに就いた翌朝、大和は腕を揺すって起こされた。

「大ちゃん、おはよ。これ、鳴ってる！」

ＰＰＰ……、ＰＰＰ……と、ローテーブル上で、スマートフォンで設定しているアラームが鳴っている。

「あ、おはよう未来くん。ありがとう……」

胸の上には永が俯せ（うつぶ）で寝ていたし、頭の上では劫がお尻をくっつけて眠っていた。

どちらも可愛くて仕方がないが、ここは気をつけてどかし、大和は身体を起こした。

まだ眠気が取れないのは、昨夜はベッドへ横になっても、ニヤニヤしっぱなしで夜更かしをしたからだ。

特に未来が「抱っこ〜っ」と甘えてくれたのが、嬉しくて愛しくて、おそらく眠りに落ちたときには三時を回っていたと思う。

そして今は六時半、今日の仕事は眠気との戦いになりそうだ。

だが、それでも大和は乗り切れる気がした。

元気よく部屋のカーテンを開けてくれた未来がTシャツに短パンという姿で幼児化し、また今ので目を覚ましたらしい永と劫が、ベッドの上でモソモソと動き始めて、目が合うや否や「おはよー」「遊んで！」と猛烈にアピールをしてきたからだ。

（ああっっっ。今日も絶好調で可愛い！）

大和は二匹を抱えて、ベッドから下ろす。

せっかくなので、「出勤するまでは好きに遊んでいいよ」と部屋の扉も開いて、玄関先の隅々までの探検コースを用意した。

「未来くん、変化したんだね」

「うん。お日様出てるから！　大ちゃんのお手伝いもできるでしょ」

「うわ！　ありがとう」

「あん？」

「おん！」

するると、玄関には行かずに、まずはローテーブルの下へ潜り込んだ永と劫が控えめに声を上げた。

「――ん？」

何かと思い振り返る。

すると、永と劫は孤塚が使っていたバスタオルを咥えて引っ張り出した。

「何？　こんちゃんの匂い――、⁉　嘘！　これって孤塚さんのスマートフォン？」

大和は最初、鼻が利くなと笑ったが、永と劫の「これこれ」はそうではなかったようだ。

見慣れた黒いカバーの一部がバスタオルの中から見える。

「あ、そうか。昨日は僕が強引に〝飯の友〟へ連れていったから。しかも、孤塚さんもすっかり忘れてたんだろうな。そのまま店まで送ったけど、何も気にしてなかったし」

これは、うっかりしてしまった――と、大和はすぐに反省をした。

孤塚のスマートフォンを拾い上げて、ひとまずはローテーブルの上へ置く。

「こんちゃん、忘れ物？」

「うん。でも。未来くんたちを送りに行くし、一緒に〝飯の友〟へ持っていけば大丈夫だと思う。昨夜は不便だったかもしれないけど……」

などと話していたときのことだ。

突然、ピンポーンと、インターホンが鳴った。

「あ、もしかしたら孤塚さん？」

「うん！　きっと取りに来たんだよ！」

「そうだね。昨夜は未来くんたちを起こさないようにって。今、来てくれたのかもね」

それなら自分が届けに行くまで待っていたらいいのに――と、思いつつ、大和だけでは気づけないと、危惧されたのかもしれない。

ましてや、何だかんだで気の利く孤塚だ。初めてのお泊まりをした未来たちのことも気にかけて、ここまで来たことも考えられる。

（でも、今は隠れる身なんだから〝飯の友〟にいてくれたほうが、安心なんだけど）

大和としては、まずは自分第一で行動してほしかったが――。

「はーい。今、開けまーす」

大和が玄関へ歩くと、未来と永・劫も嬉しそうにあとをついてくる。

「おはよう、大和くん。こんな朝早くからごめんなさいね。散歩から戻ったときに、カーテンが開くのが見えたから、早番なのかなって。だったら、今のうちにこれをと思って。私、午後からは旅行に出かけちゃうから」

「――!!」

しかし、孤塚だと思い込んで開いた扉の向こうにいたのは、隣の部屋のおばあちゃんだった。

手にはマンゴーを三つほど入れた半透明のビニール袋を持っており、言うと同時に大和へ手渡してきた。

ひと目でわかる宮崎産のブランド品だ。

「あ、すみません。こんな――、いいんですか？」

「いいのよ。昨日、親戚から届いたの。大和くんには、いつもご実家から届いた美味しいお野菜をいただいているし。むしろ、少しでごめんなさいね」

「そんな――。嬉しいです。ありがとうございます」

ただ、話の内容も経緯もわかったが、一番困ったのは慌てた永と劫が気を利かせたのだろう、その場で赤子に変化した。

突然のことすぎて、奥へ逃げて身を隠すことより、こちらを選んでしまったのだろうが、これには未来も焦って二人を両手に抱え上げる。

しかし、ここで「ばぶばぶ」していたものだから、

「――え、お子さん？」

すぐに見つかった。

「あ、すみません。ちょっと、親戚の子供を一晩預かったもので。あの、もしかして昨夜は騒がしかったですか？　だとしたら、本当にごめんなさい」

「――え？　そんな、謝らないで。全然気がつかなかったわよ。それに、なんて可愛いの。三人とも天使さんね～。ふふふ」

咄嗟に口から出任せを言ってしまったことに、良心が痛む。

だが、三人揃ってニコニコしている未来たちには、隣のおばあちゃんも瞬殺されたようだ。

狭い玄関だったが、その場でしゃがむと目線を未来へ合わせる。

「あ、僕。ちょっとだけ赤ちゃんを抱っこさせてもらってもいいかしら？」

「ど、どーぞ」

大和は後ろにいた未来たちを前に出して、ここは見守ることに徹した。

内心、いつ耳がピョコン、尻尾がポンしないかとヒヤヒヤだ。

「本当、お兄ちゃんも赤ちゃんも可愛いわ。しかも赤ちゃん、女の子と男の子の双子ちゃんなのね！　こんなに朝早くてもご機嫌で。夜だって、まったく夜泣きも聞こえなかったし。えらいわね～。すごいわ～」

「あう～っ」

「ばぶぅ～っ」

お隣さんは、慣れた手つきで両手に永と劫を抱えた。

二人も大人しく抱かれて、サービス満点のニコニコ顔だ。

「でも、一晩とはいえ三人も。大変だったでしょう。言ってくれれば、手伝ったのに」

「ありがとうございます。でも、そこは未来くんが手伝ってくれたので」

「そう――。みんないい子ね。それにしても、このやわらかさ。懐かしいわ～。今じゃ孫も大きいし。ひ孫が生まれるまで、生きてられるかどうかもわからないしね～」

「そんなことないですよ！　ずっとお元気でいてください」

「ありがとう。いつも優しいわね、大和くん。いいのよ、私。あなたのお子さんでも、自分の孫のように可愛いと思うわ～」

「ははは。まだ、そうとう遠そうですけどね」

「あら、そうなの。でも、今はそうよね――。楽しいことはいっぱいあるし、何をするにも焦ることもない。あ、抱かせてくれて、ありがとうね」

　そうして他愛もない話をしてから、永を未来に、劫を大和へ戻して、お隣さんが立ち上がる。

「おばあちゃん。えいちゃんとごうちゃんが、抱っこしてくれてありがとうって言ってるよ」

「まぁ、嬉しい」

「へへへっ」

　どうやら未来ともすっかり仲良しだ。

これならこの先、いつ未来たちが泊まりに来ても安心だ。

ただし、本体さえ見られなければ——だが。

「それじゃあ、お忙しいところ、ごめんなさいね」

「いいえ。こちらこそ、ご馳走様です」

そうして大和は、お隣さんを見送ってから扉を閉めた。

「はーっ。びっくりした。ありがとう、未来くん。永ちゃん、劫くん。もう、戻ってもいいよ」

奥の部屋へ戻り、永と劫をソファベッドへ座らせると緊張が解ける。

もらったマンゴーはこのまま一つを朝食に、残りを〝飯の友〟へ持っていき、狼や烏丸、孤塚にも食べてもらうことにした。

「あう～っ」

「ばぶぅ～っ」

だが、永と劫は赤子のまま、しきりに何かを訴えてくる。

「——あ、そうだった！　永ちゃんと劫くんは、まだ化けるのは練習中だから、一度赤ちゃんになると、すぐには戻れないんだったっけ。え？　でも、そしたら本体にはいつ戻れるの？」

これはこれで慌てた。

大和は、キッチンに置かれたマンゴーを見てニコニコしている未来に訊ねる。

「うーんとね。力が切れたら自然に戻る！」

「え‼　ちょっと待って。そしたら、朝ご飯はミルク――はあるけど、哺乳瓶(ほにゅうびん)がないし、オムツの替えもないよ」

途端に、どうしよう！　と困惑し、部屋中をウロウロしてしまう。

「大丈夫だよ。すぐお家だし」

すると、未来がさらっと口にした。

いつになく冷静な口調に聞こえたのは、単に大和が焦りすぎていただけだろう。

「――あ、そうだった。目と鼻の先にあるんだったね」

「うん。あと、えいちゃんとごうちゃんは、赤ちゃんに化けたときにはおトイレしないから大丈夫！」

「そうなの⁉」

とはいえ、ここで「そうかそうか。ああよかった」にならないのは、まったく考えたこともなかったことを、未来が笑って言ったからだ。

「そうだよ～。大ちゃんってば、あわてんぼさん！」

「ははは。本当だね。あ、せっかくだからマンゴーを一つ、朝ご飯に出そうね。冷えていて美味しそうだし。あとは〝飯の友〟へ持っていこう」

「わーい！　マンゴ～!!」

「あう～っ」

「ばぶぅ～っ」

そうして大和は、すぐに未来と自分の朝食準備をし、永と劫にはすり潰したマンゴーを味見がてら嘗めさせた。

（――いや、それにしたって、オムツ代がかからないの？　というか、赤ちゃんでいる時間がそこまで長くないから、たまたま尿意が来たときに当たったことがないだけなんじゃないのかな？　どうなんだろう？）

頭の中では、ずっとトイレのことがグルグルしていたが、赤子のときの永と劫に、どこまで食べ物を与えていいのかわからないので、それ以上は「あとは狼さんからもらってね」で、納得してもらった。

その後は準備をして部屋を出た。


未来たちを連れた大和は、予定よりも少しだけ早く〝飯の友〟へ着く。

「――え？　孤塚さんは帰ってきてないんですか？」

「ああ。多分、大和のところへ世話になるわけじゃないから、昨夜は羽目を外して飲み明かしたんじゃないか？　ここのところ定時や早退も続いていたし、もしかしたら帰らないかも——とは、出かける前に本人も言っていたから。なぁ、烏丸」

「はい。それに、いつだか朝まで飲んで、帰るのが面倒になったとかで。そのまま店内に泊まって出勤した——なんて、こともありましたからね。きっと今日もそうなのかもしれないですねって、さっきも店主と話していたところだったんです」

しかし、孤塚は四日間の逃亡生活の反動で箍が外れたのか、〝飯の友〟へはいなかった。

この分では、昨夜はそのまま店ですごしたようだ。

しかも、普段からよくあることのように言われれば、心配の必要もない。

むしろ、大和からすれば、正直少しホッとした。

なぜなら、「親しき仲にも秘密あり」とはいえ、隠していることが心苦しくなることもあるだろう。相手は孤塚自身が「親しい」と認めている仲間たちだ。

それに、店で「あれからどうしました？」「今日はいつものところまで送らなくていいんですか？」などと聞かれれば、説明をするうちに「じゃあ一杯飲むか」になることも考えられる。

そこは大和も、一度は店へ行っているので、容易に想像ができた。

孤塚を慕っているだろうホスト仲間も、直接見ているので尚更だ。

彼らは人間だが、孤塚は狼や烏丸と一緒にいるときと同じように、安心して笑っていたからだ。

「そうだったんですね。けど、それなら安心ですね。確かに、ここのところは同僚さんたちと遊んでいなかったでしょうし。勢いづいて、飲もう飲もうとなっても、不思議はないですもんね」

大和はいろんな意味で、昨日は思い切って孤塚を〝飯の友〟へ連れてきてよかったと思えた。

スマートフォンのことだけはうっかりしてしまったが、これはあとの祭りだ。

「そしたら、これ。ここへ預けていきますね。孤塚さんなら、お店の化粧室でもシャワーと着替えができちゃうので、今日もそのままお店で仮眠して出勤、なんてことに、なるかもしれないですが」

大和は孤塚のスマートフォンをマンゴーと一緒に狼へ手渡した。

「ありがとう。まあ、もともとスマートフォンはなくても困らない奴だから、いまだに気がついてないかもしれないけどな」

「そうなんですか？」

「基本アナログだからな、俺たちは」

「あ」

確かにそう言われたらそうかもしれない。

さも当然のように「その辺の鳩か鴉に頼んで」と言うくらいだ。たとえ電波のないところでも、人間以外の仲間となら、不自由なく連絡が取れるのだろう。

特にこの界隈在住の相手であれば、尚のこと。

「それにしても、孤塚といい未来たちといい、大和には世話になってばかりで悪いな」

「そこは言いっこなしです。僕もお世話になっていますし、何より皆さんと一緒にいられて楽しいし、嬉しいので」

「大和さんってば」

そうして大和は、すっかり軽くなってしまったリュックを背負い直すと、

「それじゃあ、僕は仕事なので。行ってきます」

「大ちゃん、いってらっしゃーい！」

「あう〜っ」

「ばぶぅ〜っ」

その後は三時間睡眠もなんのそので、仕事へ向かった。

次に〝飯の友〟へ行く日を楽しみに、まずは今日一日の仕事に励んだ。

＊　＊　＊

土曜日の一日を丸々堪能した大和の日曜出勤は、久しぶりに残業が入った。

そうでなくとも、三時間睡眠だったこともあり、帰宅後は爆睡。

翌日の月曜日は寝坊をして、慌てて職場へ走り込んでタイムカードを押すことになった。

通勤時間徒歩十分でなければ、確実に遅刻をしていただろう。

その上、二日続けて残業となった。

だが、ここは仕方がない。

サラリーマンはさておき、世間の子供たちは夏休みだ。

最初から休みを調整して連休を入れている者もいれば、家庭の事情で予定がズレる、突発的に狂うなどで直前に調整が入ることは想定ずみだ。

ましてや、先週は孤塚を店へ送るのに、残業や変更を受けなかった。

それがない今、今度は自分が引き受ける番だと、気持ちよく思えたからだ。

（やっぱり、自転車を買おうかな。今よりイレギュラーの呼び出しが増えそうで買ってなかったけど。でも、未来くんたちも乗れる、運べるって考えたら、絶対にあったほうが便利だしな――。検討しよう）

大和は、仔犬の未来たちを籠へ入れてチャリンチャリンという妄想を抱きつつ、シフト変更で明日は遅番になったことから、仕事前のランチタイムは〝飯の友〟で過ごそうと決めていた。

未来や永と劫とも会いたいし、狼のご飯や烏丸の接客も恋しい。

孤塚のその後も気になるし、運動会の詳細がどうなったのかも聞きたかった。

しかし、そんなことを考えて、アパートへ帰宅した直後のことだった。

そろそろ二十一時になるかというところで、ピンポーンとインターホンが鳴る。

「はい」

扉を開くと、立っていたのは同階の住人で、エレベーターを下りた最初の部屋——大和とは反対の角部屋に住む三十代の女性だった。

交代勤務のある看護師さんで、こうしてアパートで会うのは、引っ越しの挨拶以来ではなかろうか？

ただ、彼女は〝自然力〟の惣菜が好きで、よく買い物に来てくれる。

なので、会えば挨拶や立ち話くらいはする関係のご近所さんだ。

「こんばんは、大和くん。夜分にごめんなさい。ちょっと見てもらいたいものがあるんだけど、いいかしら？」

「見てもらいたいもの、ですか？」

それでもこんなふうに訪ねてこられたのは初めてで、大和は少し驚いた。

「これなの」

すると、彼女は握りしめていた手を広げて、金色のイヤーカフスを見せてきた。

それも、大和自身も幾度か手にしたことのある、そもそもイヤーカフスはこれしか手に取ったことのない、見間違いようのない孤塚のものだ。

「――え？　どうしてこれをあなたが⁉」

ビックリすると同時に、彼女の手からイヤーカフスを摘まみ取った。

「あ、ごめんなさい」

自分でも失礼な態度だと思い、すぐに謝罪した。

しかし、大和自身は大分困惑している。

何がどうしてこうなっているのか、さっぱりわからないからだ。

「いいのよ。それより、大和くんのだったんだ。よかった。エレベーター前で拾ったんだけど、同階の人は全員知らないって言うし。これで大和くんも知らないってなったら、管理会社に届けておこうかなと思っていたの」

彼女の話から、イヤーカフスが、この階で拾われたのだということがわかった。

だが、わからないのは、孤塚がいつこれを落としたのかということだ。

と同時に、これを落とした孤塚は、いったい今、どこにいるのか？

いくら元の妖力が強いとはいえ、今夜は新月だ。

どんなに街灯で明るくても、大和は月の見えない空の下を、たった今歩いて帰ってきたばかりだ。

〈孤塚さん。〃飯の友〃にいるのかな？　でも、もしもこれを落として探しているなら、真っ先に連絡が来そうな気がするんだけど。さすがに、落としたことに気づいてないなんてことはないだろうし――〉

手にしたイヤーカフスを見る大和の顔つきが、次第に険しくなっていく。

「でも、一番イメージしてなかったな、大和くんにイヤーカフスは。こんなことなら、最初に聞きに来ればよかったね。本当、最後にしちゃって、ごめんなさい。仕事が入ってなければ、もう少し早く届けられたんだけど」

しかも、彼女のこの言い方だと、ついさっき拾ったものとは考えづらい。

仕事を挟んでいるなら、丸一日は経っていてもおかしくない。

「いえ！　とんでもないです。大事なものなので、本当にありがとうございます。ところで、これはいつ、何時頃に拾われたんですか？」

「夜勤明けで帰ってきたから、日曜の八時くらいかしら」

大和は、彼女の答えに愕然とした。

〈――日曜の八時⁉〉

その日時なら、すでに大和は職場で開店準備をしていた。

七時半には部屋を出て、未来たちを〃飯の友〃へ送ってから出勤している。

しかし、エレベーター前にイヤーカフスが落ちていたかどうかは、まったくわからないし、落ちていたとしても、大和も未来も気づいていない。

永と劫は、抱っこ紐代わりしたリュックの中に入れて抱えていたので、当然足下を見ることもない。

その時点で、すでに落ちていたのかどうかはわからないが、誰も気づけなかったことは確かだ。

「そう……ですか。本当にありがとうございました」

「どういたしまして」

大和は、深々と頭を下げてから扉を閉めた。

同時に、孤塚のイヤーカフスを力強く握りしめる。

「とにかく〝飯の友〟だ。まずは、狼さんにこのことを言わなきゃ！」

他に何をどうしていいのかわからない。

だが、知ったばかりの事実を伝えて、相談ができる相手はいる。

大和は握りしめたイヤーカフスをいったん財布に入れて、スマートフォンと共に空のリュックへ放り込んだ。

そして、それを背負ってキーケースを手に取った。

――コンコン！

（!?）

すると、ベランダへ続くテラス窓から音がした。

反射的に振り返る。

「――烏丸さん⁉」

ベランダからこちらを見ていたのは、変化を解いた烏丸本体だった。

〝飯の友〟を営業中だった狼が、大和を呼びに烏丸を放ったのは、十分前にかかってきた電話が原因だった。

それも着信音が響いたのは、預かっていた孤塚のスマートフォン。

画面に孤塚の勤め先である〝ニューパラダイス〟の店名が表示されたことで、狼はスマートフォンを手に取った。

普段なら絶対にしないことだが、嫌な予感に駆られたからだ。

〝もしもし。孤塚さん〟

〝もしもし。俺は孤塚の友人の大神だが〟

〝――大神さん？　え、あ――、狼さんですか。えっと、孤塚さんは。確かこの番号は、孤塚さんの携帯ですよね？〟

〝そうだ。ただ、持ち主はこの場にいない。これは、孤塚が友人宅に忘れていったのを、俺が預かっている〟

〝スマートフォンを預かっている？　ちょっと待っててください。マネージャー！　誰か、宗方マネージャーを呼んでくれ‼〟

電話をかけてきたのは、孤塚と親しい後輩ホストだった。

幾度か狼自身も会っていたが、彼はスマートフォンだけがそこにあると知り、慌てて宗方に電話を替わった。

そうして話をしたことで、狼と宗方は初めて知った。

あれから、店かホスト仲間と一緒にいるものだと思っていた孤塚が。

また、昨日の夜は休みを入れていたが、今夜は出勤予定だったので、無断で遅刻か？くらいにしか思っていなかった孤塚が。

実は昨日の明け方から行方知れずだった。

彼と親しい者たちが、誰一人顔を合わせていなかったことを――。

「昨日の明け方から？」

大和が〝飯の友〟へ駆けつけると、すでに今夜は早終いされていた。

店には狼と、孤塚の危機を察して、あえてこの場に残ってくれた大和も面識のある常連客の男性・狸が二人。

あとは運動会の打ち合わせで来ていた渋谷の鳥会長にして、ドン・ノラのイタリアンバルで接客をしているという、鳩が変化した中年の紳士だ。

初めて会う渋谷の彼は、鳩胸を強調したような姿だが、とても品のよいグレーのスーツと片眼鏡がよく似合う。

「宗方さんが言うには、土曜の夜は、翌朝まで店内で飲み明かしていた。ただ、それ自体は始発に合わせて解散している。いつもなら孤塚はそのまま店に泊まり込むのがパターンだが、昨日に限っては、もとから休みを入れていたし。友人宅にスマートフォンも忘れたから取りに行くと言って、仮眠することもなく帰ったそうだ」

狼の説明により、孤塚の足取りが見えてきた。

別に彼は突然何かを思い立って行動したわけではない。

一つ一つの動きに、理由がある。

ただ、その理由が大和の〝孤塚によかれ〟と思った行動から起こっていることに、これ以上ないほど胸が痛んだ。

自分が無理に〝飯の友〟へ連れていかなければ。

孤塚がスマートフォンを忘れるきっかけを作らなければ。

この週末も、孤塚は大和の部屋と店だけを往復していて、帰りもクラブの仲間に送ってもらっていたかもしれない。

そう考えると、後悔だけではすまない。

しかし、だからといって、ここで自分を責めれば孤塚が帰ってくるものでもないことは、大和も充分承知している。

「それで、早朝に僕のところへ来て、そのまま？」

「時間までは断定できないがな」

「でも、どうしてアパートのエレベーター前で？　まさか——、こんちゃんの姿でいたところを、誰かに見つかって拾われちゃったんでしょうか⁉」

大和は、自分の行動に責任を感じるからこそ、今は孤塚の捜索に全力を尽くそうと思った。

想像できる限り、孤塚が攫われそうな理由や、また状況を考えて話してみる。

「それより建物内だし、人間の姿でいたところを、例のヤクザに攫われたと考えるほうが自然、とは思うが——」

「兄貴さんたちに見つかって、ですか⁉」

しかし、言われるまでもなく、それが一番もっともらしい。

そもそも孤塚が大和のところへ来たのは、兄貴や舎弟たちが妹のために、孤塚を攫う気満々だったからだ。

しかも、店に出勤している限りは、行動も見張られやすい。

どんなに店からの帰りを仲間が誤魔化してくれても、すでに孤塚が大和のアパートに帰っていたことは知られていたかもしれない。

それこそ鴉や鳩に送ってもらうほうが、人間孤塚としては、兄貴や舎弟たちの目を誤魔化せただろう。

ここでも大和は、自分の余計な一言が——と、猛省してしまう。

ただ、実際のところ。どちらの姿で攫われたにしても、一番の問題は孤塚のイヤーカフスが大和の手中にあることだ。

誰もが心配しているのは、この事実だ。

「少なくとも、宗方はそう信じていた。なので、そっち方面は彼が動いてくれている。相手が相手だけに、無理はしないでほしいと頼んだが。孤塚に限らず、従業員を守るのが自分の仕事だからと言って」

「そうですか……。でも、そうしたら今は？　もし、人間として攫われても、変化が解けたら孤塚さんの正体までバレてしまうってことですよね⁉　そうでなくても、今は新月なのに——」

「まあ、それでも、人目がなくなった隙に変化を解けば、逃げ出すチャンスはあると思う。イヤーカフスが外れたとはいえ、あいつは元の妖力が強いし、新月でもここ二日間晴天だ。それなりに姿は保っていられる」

狼の考えは、大和のそれとは、少し違っていた。

確かにタイミングさえ合えば、それで逃げ出すことも可能だ。

だが、確率的には、どうなのだろう？　と、大和は思う。

「でも、それなりにですよね？　夜になったら？　昼でも太陽光が雲で、雨で地上に届かなくなったら？」

つい、悪いほうへばかり考えてしまう。

すると、座敷で話を聞いていた狸が身を乗り出した。

「さすがに人間界で完全変化を続けるのはきついだろうな」

「だよな。そうでなくても、変化を解かずに何日もっていうのは、どんなに妖力が高くても無理がある。ましてや、天気予報では明日から崩れるって言うし――。孤塚が今どんな姿でいるにしても、できるだけ早く探し出すに越したことはない」

彼らは変化した姿で、人間界でサラリーマンをしている。

勤務時間に昼夜の違いはあれど、人間界で働いている孤塚にとって、何が一番不利で危険なのかは、よく理解していることだろう。

もちろん、考えるまでもなく、ここから先の結論は一つしかないのだが――。

「店主。まずは手分けをして探しましょう」

「俺たちも仲間に声をかけて全力で協力しますから」

「もちろん、我々代々木勢も手を貸しますぞ。狼殿」

## ご縁食堂ごはんのお友
### 仕事前にも異世界へ
**著:日向唯稀** / **イラスト:鈴木次郎**

**大好評「ご縁食堂ごはんのお友」第2弾!**

有機食材を扱うマーケットで働く大和は、仕事のストレスで人間不信に陥っていたところをケモ耳少年・未来に救われる。今では未来の親代わりの狼が営む不思議議な食事処『飯の友』の常連になり、心も胃袋も満たされる日々を送る大和。ある日、同じく常連客で実はキツネのホスト・孤塚がヤクザに狙われる事件が起きる。ひとまず大和が自宅に匿うも、孤塚だけお泊まりしてると知った未来に猛烈に嫉妬され……。

## 電子コミック大賞2021 ラノベ部門受賞作!

## ご縁食堂ごはんのお友
### 仕事帰りは異世界へ

マーケットで働く大和は、常に笑顔で走り回っていた。だが職場で「何でも屋」扱いされていたと知り、心が揺らいでしまう。そんな時、小銭を拾ってあげた子供・未来に誘われ、ある食事処を訪れる。寡黙な店主の料理に癒される大和。しかし、ふとしたきっかけで彼らの秘密がピョコンと飛び出して!?

詳細は随時、
公式ツイッターでお知らせします。

**次回新刊は2021年8月10日頃予定!**
詳細は公式サイト、公式Twitter等でお知らせいたします。

**こぎつね、わらわら 稲荷神のなつかし飯(仮)**
著:松幸かほ / イラスト:テクノサマタ

※タイトル・ラインナップは変更になる場合がございます。

無料マンガサイト ナナイロコミックス 配信中! ▶https://7irocomics.jp/

**SKYHIGH文庫 電子書籍配信中!** 文庫発売月25日頃配信! 詳しくは公式サイト等をご覧ください。

SKYHIGH文庫
不思議で癒しの食堂は、
お弁当だって作れちゃう!?
『ご縁食堂ごはんのお友 仕事前にも異世界へ』 著：日向唯稀　イラスト：鈴木次郎

こうなれば一刻も早く、孤塚の居場所を突き止める。

助け出すしか答えはない。

狼が改めて三人に対して、申し訳なさそうに頭を下げる。

「ありがとう。本当にすまない。俺は――」

「おっと！　その先は、なしですよ。俺たちだって孤塚の仲間、〝飯の友〟の友ですよ」

「そうそう。さっさと見つけて運動会です。店主のお弁当を楽しみにしてますから！」

そうして席を立った狸たちが、まずは出しっぱなしにしていた耳と尻尾を引っ込めた。

完全にスーツ姿のサラリーマンに変化した姿で、颯爽と〝飯の友〟から走り出す。

「では、私も――!!」

逆に渋谷の会長は、姿を本体の鳩に戻して、店を出ると同時に夜の街へ飛び立った。

これらを見送り、大和も両手に力を入れて拳を作る。

「それじゃあ僕も、今からお店へ行って宗方マネージャーと孤塚さんを探してきます」

「いや、駄目です。相手はヤクザですから、大和さんは〝ホストの孤塚さん〟ではなく、我々と一緒に〝こんちゃん〟のほうを探してください」

しかし、ここは烏丸に止められた。

いつの間にか人間に変化し、店の出入り口に両手を広げて立ちはだかる。

「でも！　孤塚さんがうちにスマートフォンを忘れたのは、僕のせいだし。僕が強引にここへ連れてきたから……」

「それは関係ありませんよ。もともとは孤塚さんから大和さんのところへ逃げ込んだわけですし。それに、こう言ってはなんですが、宗方さんには現役ホストだった時代から、今日まで夜の歌舞伎町で作ってきた伝（つて）や、やり方があると思います。素人（しろうと）の大和さんが近くにいては、逆に足手まといになりかねません」

「っ！」

感情を高ぶらせる大和を諌（いさ）めるためだろうが、烏丸にしてはきつい物言いだった。

しかし、正論すぎて、大和には返す言葉がない。

「すみません。ひどいことを言って。ただ、店主が私に大和さんを呼びに行かせたのは、大和さんにしかお願いできない探し方があるからです」

ただ、そんな大和に烏丸は話を続けた。

「僕にしか、できない探し方？」

「そうです。こんちゃんの飼い主という名目で探してもらうことです」

「飼い主⁉」

「未来と一緒にね！」

可愛い声が響くと、奥からは狼に連れられて未来が出てきた。

見れば仔犬化した姿に赤いハーネスとリードをつけている。

そして、首輪代わりのチェーンネックレスには、ブロンズカラーのステンレス名札がついており、これには未来の名前に大和の携帯番号が彫り込まれていた。

すべて大和が未来や永と劫と一緒に、人間界を散歩するために買い揃えてプレゼントをしたものだ。

さすがに今夜は未来だけが装着しているが、狼の足下には見送りに出てきたらしい、永と劫もいる。

「未来くん――、その格好」

「へへ～っ。未来もこんちゃん探すのに、大ちゃんが買ってくれたのつけてきた！　これなら未来も一緒に、お外平気でしょ！」

大和はようやく、飼い主として孤塚を探すという意味が理解できた。

確かに、どんな形で攫われたにしても、すでに妖力が尽きて子狐化している場合、人間相手に「返してください」と言うには飼い主がいる。

仮に交渉相手が兄貴だった場合、彼なら孤塚や未来の保護者が大和であることを、すでに知っている。

むしろ話も早いし、他の誰が「返して」と言うよりも安全なはずだ。

しかし、そうした役割は理解するも、未来を同行することには引っかかりを覚えた。

飼い主という体(てい)で探すだけなら、未来まで連れていく必要がない。

そうでなくても、今からでは夜の歓楽街も回ることになる。

一度は未来が迷子になって、怖い思いをした場所を――だ。

「でも、夜だよ。未来くんを連れていくのは、危ないよ」

「大丈夫！　それに、僕ならこんちゃんの匂いもわかるし、わんわんこんこんもできるから！」

それでも未来は行く気満々だった。

「わんわん、こんこん？」

「うん！」

大和にはいまいち意味がわからなかったが、未来は自信満々だった。

おそらく孤塚を追跡するのに鼻が利くし、一定の範囲内に孤塚がいれば、鳴き声や遠吠えで意思の疎通ができる、居場所が断定できるということだろう。

「あんあん」

「きゅおん」

永と劫もこれには自身があるのか、「あたしも」「ボクも」と訴えている。

「えいちゃんとごうちゃんは、狼ちゃんとここで待ってる係だからね！」

「あん……」

「……おん」

さすがに今夜は留守番と言いつけられて、すこしふて腐れていたが――。

「大和。すまない。本当なら俺が探しに行ければ……」

とはいえ、元気いっぱいな未来に反して、狼は耳、肩、尻尾とすべてが垂れ下がってい
た。

だから先ほど狸も〝その先は、なしですよ〟と言って、狼の言葉を遮ったのだ。

今夜は新月――。

そうでなくても、孤塚たちほど妖力のない狼では、狭間世界でも完全変化が難しい。

それが人間界では尚更だ。

狼は獣人にさえなれずに、元の成獣オオカミの姿でしかいられない。

それこそ「犬です」では通らない、大型の鈍色オオカミだ。

街中に出られるはずがない。

「駄目です！　それは絶対に駄目です‼　この上、狼さんに何かあったらどうするんです
か。ここは僕らに任せてください。必ずこんちゃんを見つけてきます。ね、未来くん！」

「うん！　任せて、狼ちゃん」

大和は、未来につけられたリードを狼から受け取ると、まずは未来と一緒に店の外へ出
た。

「いくよ！　おおーんっ！」

すると、未来が夜空に向かって、可愛い遠吠えを上げる。

「あんあーんっ！」

「きゅっおーん！」

永と劫も一緒になって吠えている。

だが、それが何かの号令だったのか、周囲に潜んでいた小鳥たちが、いっせいに森から現れた。

そして、群れを成して人間界へ飛んでいく。

「それじゃあ、行ってきます！」

大和もそれを追うようにして、未来と共に旧・新宿門衛所へ走った。

狭間世界も人間界も、今夜は月の見えない夜だ。

しかし、月が消えたわけではない。

「――店主。我が主よ」

そうして狼が未来と大和を見送ると、烏丸が今一度姿を鴉に戻して、大空へ舞い上がる。

「烏丸」

力ない自身に苦渋を味わう狼に向かって、声も高らかに鳴く。

「さあ、我らがしもべにも、ご命令ください」

すでに店の屋根から周りの木々には、烏丸が呼び寄せていただろう仲間の鴉たちが狼の命を、今か今かと待っている。

狼は、その姿を見る間にオオカミに戻していき、四肢(しし)に力を入れて背筋を伸ばすと、今こそ暗闇の空へ向かって雄叫びを上げた。

「ならば、行け！　我らが一族、古(いにしえ)の王の血を引く金の王子・未来を助け、必ず我が兄弟を探して、無事な姿で連れ戻せ！」

「――御意(ぎょい)に！」

烏丸が応じると同時に、集まった鴉たちがいっせいに舞い上がる。

目指すは人間界、新宿歌舞伎町。

見ればその上空には、四方から鴉をはじめとする野鳥たちが群れを成して飛んでいく。

狼は今一度雄叫びを上げた。

どこか切ない、やるせないその響きは、走り始めた大和と未来の耳にもはっきりと届いた。

# 7

一方、その頃、孤塚は――。

「まいった。あいつらまさか、俺じゃなく、こっちを攫うとは思わなかった。しかも、あそこまで馬鹿な連中は、近年稀だろ」

淡いピンクの花柄の壁紙に、レースのカーテン。

アンティーク調の猫足がついた真っ白なトイレに、餌箱と水入れ。

それに揃えたようなソファセットに、ローチェスト。

キャットタワーに、クマやウサギ、ゾウやクジラのぬいぐるみ。

更には天蓋つきベッドに、バラの生花。

毛足の長いムートンラグまで敷かれたプリンセスルームの真ん中で、お腹を出した大の字姿で寝っ転がって、完全にふて腐れていた。

それも、オーガニックコットン一〇〇%のフリルとレース仕立てのフリフリふわふわドレスを着せられた姿でだ。

ちなみに、今の姿は省エネこんちゃんだ。

それも攫われたときから、この姿。

なぜならば――、

〝先輩。本当にこんなことしていいんですか？　確かに、俺も可愛いなと思うし、兄貴も喜ぶと思います。けど、強引に拉致してきたって知ったら、大激怒じゃないですか？　ホストなら拉致ろうが沈めようが構わないと思いますけど――〟

日曜の早朝。孤塚は店で飲み明かしたあと、一度はタクシーに乗って、わざわざ新宿御苑の外周を一回りした。万が一、店から出たところを尾行されていたらと考え、わざと大回りをしてから、大和のアパート近くで下りたのだ。

そうして、その後は忘れたスマートフォンを取りに行きがてら、未来や永と劫の様子も見ようと考え、大和の部屋を目指してエレベーターで七階まで上がった。

しかし、扉が開く直前で、孤塚は人の気配を感じた。

微かだが「来たぞ」「はい」という、聞き覚えのある舎弟たちの声がしたことから、咄嗟に変化を解いて省エネサイズになったのだ。

扉が開いた瞬間、舎弟たちの足下をすり抜けて逃げるつもりで――。

しかし、相手は扉が開くと同時に投網（とあみ）を打ってきた。

これには孤塚も驚き、足を滑らせた。見事にスッ転んで捕獲された。

まさか人間相手に、今どきこんなことをする奴らが、それもヤクザの端くれがいるとは考えてもみなかった。

しかも、舎弟たちは網をかけたのが孤塚ではなく、子狐だと知っても、そのまま攫って逃げ出した。

それこそ網でグルグル巻きにされたまま車に乗せられ、気がつけばマンションの一室に連れてこられたのだ。

そのときは、何も置かれていない、照明とエアコンがあるだけの部屋だった。

だが、孤塚が更に驚いたのは、ここからだ。

〝しょうがねぇだろう。ここ数日、店から出てきた孤塚を尾行して、撒かれての繰り返し。ようやく今のアジトを掴んだと思って待ち伏せしたら、エレベーターから下りてきたのがこんちゃんだったんだ！　俺だって、ビックリしたさ〟

舎弟たちには、すでに孤塚が大和の部屋にいることがバレていた。

孤塚がわざわざタクシー代を払って遠回りしたのに、逆にそれが彼らに先回りする時間を与えてしまったのだ。

〝けどよ、考えてもみろ。こんちゃんは孤塚の店にも現れたし、あの仔犬の兄ちゃんは飼い主から預かっているって言っていた。ってことは、こんちゃんの飼い主が孤塚って可能性が大だろう。ってか、アジトに現れたってなったら、もうそれしか考えられねぇだろうがよ！〟

〝確かに、そうですけど〟

その上、理にかなっているのか、かなっていないのか？

舎弟の先輩のほうが、あそこで捕まえたことで、こんちゃんが孤塚のペットだと勘違いをした。

確かに、孤塚が子狐だと思い込むよりは、真っ当だ。

しかし、だからといって、孤塚からしたら「は～⁉」だ。

思わずジッと二人の会話を聞き続けてしまった。

自分がこの姿でいる限り、危害を加えられる心配はない。

それはわかっていたので、ならば今のうちに情報収集をして、逃げるチャンスを窺えばいいとも考えたからだ。

〝そしたら、こんちゃん拉致でもありだろう。兄貴だって飼い主が孤塚だって言えば、わかってくれるさ。ようは、こんちゃんを囮に孤塚を呼び出し、とっ捕まえればいいだけだ。仮に、孤塚が保身に走って逃げやがっても、そしたらこんちゃんは飼い主に見捨てられた可哀想なペットだ。そのまま兄貴が飼えばいいだけで、どこに転んでもウマ～だろう〟

だが、話はすぐにヤクザらしい発想に転がった。

〝あ！　なるほど。先輩、頭いい！　ってか、この際、孤塚は呼び出さなくていいんじゃないっすか？　いくらお嬢が好きだって言っても、あんなチャラホスト！　結ばれたところで、ためにならねぇっすよ〟

〝あん？〟

〝で、可愛いペット一匹守れねぇ小心者、見捨てた薄情野郎ってことにして、今後は完全に無視！　残されたこんちゃんだけ、うちで面倒見るってことで。あの仔犬の兄ちゃんだって、飼い主が我が身可愛さで逃げやがったって言えば納得するでしょう。兄貴がこんちゃんには愛情たっぷりだって理解してるし、二度も抱っこさせてくれたんですから〟

ただ、このあたりから下っ端のほうが、可笑しなことを言い始めた。

ある意味、これはこれでヤクザらしい発想だとは思ったが、話の中に幾度もこんちゃん、こんちゃんと名前が入ってくるので、いまいち内容に緊張感がない。

孤塚からすれば、相当な扱われ方をされようとしているのに、どうしても「それは大変だ」という心配にも、「なんだと⁉」という怒りにもならない。

ひたすら「何言ってるんだ、こいつら？」と呆れが先立ってくるからだ。

〝なるほど。そりゃいいな！　お前も賢くなったな〜！　そしたら、そうしよう。まずは、このまま何日か俺らで面倒を見て、それから兄貴には、どんなに呼び出しても孤塚が来ねぇ。可愛いペットを置いて逃げたって報告だな〟

〝はい！〟

そうして舎弟たちは、兄貴にもしばらくは黙って、孤塚を捕らえておくことにした。

孤塚からすれば「賢いに謝れ！」と叫びたくなるほど、互いを褒め合いノリノリだ。

〝それにしても、美形だな～。あ、飼うなら、必要なものを揃えねぇとな〟

〝はい。今、密林通販を見てます。あ、先輩。この服、こんちゃんに似合いそうじゃないっすか？〟

しかも、下っ端のほうがスマートフォンを取り出し、通販サイトを見始めると、そこへ先輩のほうが乗っかった。

〝ん？　俺はこっちだと思うが〟

〝あ！　ポチった。それなら俺も！〟

〝どうせこのまま飼うんだ。経費で落としてやるから、遊具やベッドなんかも揃えといていいんじゃねぇのか？　あとはトイレ？〟

いやいやいやいや！

ペットショップでもないのに、どうやって経費で落とすんだよ。

国税にチクるぞ！　叩けば絶対に埃（ほこり）が出る身だろう⁉

——そう思ったところで、こんちゃん姿の孤塚に突っ込めるわけもなく。

呆れて黙って見ているしかなかったがために、画面をポチポチしながら、十分後にはカード決済だ。

それも、翌日には購入品がすべて配送されてくる。

恐るべし、ネット販売の世界だ。

〝先輩――。なんか、選ぶものが乙女(おとめ)ッすね〟

〝俺の趣味じゃねぇ、金色(こんじき)こんちゃんに似合うとしたら、やっぱ白基調だろう。兄貴も好きそうだしな〟

〝ですね！〟

そうして、本日。月曜の午後には、購入品がすべて揃って、このプリンセスルームが完成だ。

ちなみに壁紙とカーテンは、昨日のうちに先輩ヤクザが買いに走って、夜までに下っ端のほうがすべてを終わらせた。

オラオラ言って肩で風を切っているわりに、本職は内装工事の職人らしい。

――だったらまともに働けよ！

そう言いたくなったが、孤塚は下っ端の手際のよさに目を奪われて、飽きることなく見続けてしまった。

ソファが入ろうが、ベッドが置かれようが、人ごとにしか見えなかったのもある。

それこそ、肌触り抜群のフリフリふわふわなドレスを着せられるまでは――。

「馬鹿だ。兄貴も舎弟も馬鹿ばっかりだ。それこそ馬や鹿が俺らを巻き込むんじゃねぇよって激怒するくらい、大馬鹿揃いだ。それなのに――」

こうして、あれよあれよという間に時間が経って、孤塚が初めて部屋に一人で残されたのは、つい一時間前だった。

どこからか、急用で呼び出されたらしく、彼らは慌てて揃って出ていった。

それまでは、常にどちらか一人が部屋にいて、孤塚をジッと見つめてはニコッと笑う。

兄貴の「こんちゅわ〜ん」にもまいるが、満足げだったり、照れくさそうだったり、ぬいぐるみを突きつけてきて遊ぼうとするのも、孤塚からすれば勘弁してほしい。

百歩譲って可愛いお姉ちゃんがしてくるならまだしも、どちらも柄の悪いおっさんだ。

ストレスが溜まってきて、壁に取りつけられた大きな窓に跳び蹴りを食らわせてしまう。

「なんなんだよ、この無駄に立派で、窓も壁も厚そうな部屋はっ！」

二度も三度も「えい！」「やっ！」だ。

しかし、当然のことながら、窓枠も硝子もビクリとしない。

「だいたい、特殊ミラーの強化硝子なんて、填（は）めてんじゃねぇよ！　いっちょ前に命狙われるようなヤクザの幹部をやってるんなら、まずはシスコンと可愛い子好き〜と幼児語のトリプルアカンはやめろや！　これじゃあ、助けも呼べねぇじゃねえかっ」

高層階とわかるマンションの一室。

部屋に窓があるにもかかわらず、こんなチャンスに孤塚が脱走できないのも、日中幾度か見かけた野鳥たちを呼べないのも、この特殊な造りの部屋のためだ。

そうでなくても新月では、危機察知能力の高い劫でも、その力は減少する。

そこへ持ってきて、土曜に遊び倒して疲れている。

そして肝心な孤塚の妖力が、ここへきてダウンだ。助けて～と念じたところで空振りするのはわかりきっているし、イヤーカフスのない孤塚にとっては、妖力の無駄遣いになるだけだ。

大人しくしているしかない。

「ってか、落としたイヤーカフスがどうこうよりも、この永が喜びそうなドレスと、このバラの香りのプリンセスルームが俺のなけなしの妖力を吸い取っていく……」

こうなると、誰かが自分の不在に気づいて、探し出してくれるのを待つしかなかった。

大和の部屋に忘れたスマートフォンも、投網を打たれたときに外れてしまったイヤーカフスも、今となっては危機を察知してもらえる貴重な忘れ物であり、落とし物だ。

「もぉ、やだ。こ～んっ」

ただ、このとき――。

孤塚は、外からは見えない仕様となっている特殊ミラーの強化硝子でも、様子を窺うことのできる者――、そうした妖力を持つ鳥が近くにいたことを知らなかった。

蹴った弾みで揺れたカーテンが、たまたま孤塚の大捜索に協力していた代々木の鳩たち、その会長の目に留まったのだ。

しかし、孤塚自身はカーテンが閉じられた部屋にいるので、窓の外にいる彼らの存在にはまったく気づけないでいる。

「ほう〜。これはまた、変わった趣味の御仁に攫われたようですな。孤塚殿は」

鳩会長は、その場で連れたちと羽ばたきながら、部屋の中にいる孤塚を見ていた。

「この状況で見つけ出せるとは、さすがは会長」

「まあね。私の〝これ〟が役に立ったよ」

鳩の会長は、本体に戻って尚、装着している片眼鏡を自慢した。

どうやらこれが彼の持つ特殊な妖力の証らしい。

同行していた鳩たちが「確かに」と賛同し、褒め称える。

「これで少しは恩義を感じてくれるとよいのですが——ね」

「ですね」

鳩の会長率いる代々木の鳩たちは、いったんその場を離れて新宿御苑へ向かった。

ただ、孤塚は意図せぬところで運よく発見をしてもらったが、果たしてフリフリふわふわなドレス姿で、大の字イヤイヤをしているところを見られてまで、すぐにでも助かりたいと思うかは、当人のみぞ知る——だった。

お散歩用に揃えたハーネスやリード一式が、よもや未来の戦闘服になる日が来るとは、さすがに大和も思っていなかった。

もう少し成長し、オオカミの子だとわかるようになったら、この手はもう難しいが。愛らしさ爆発の仔犬にしか見えない今なら、「そこのけ、そこのけ、未来様が通る」状態で、たとえ繁華街、歓楽街と呼ばれる歌舞伎町であっても、行き交う人々からオラオラされて絡まれることはなさそうだ。

しかも、大和と一緒に孤塚捜査に飛び出した未来は、最初に向かったアパートのエレベーター前で、早々に手柄を立てた。

孤塚がイヤーカフスを落とした現場で、本来ならここでは嗅ぐはずない人間の匂いを嗅ぎつけたからだ。

「……ぶへっ！　これ、前に未来がお漏らしした人についてた臭いと一緒だよ」

そう言うと、未来はエレベーター前のフロア隅に落ちていた、煙草の吸い殻を見つけ出した。

これは大きな手がかりだ。

アパートの住民なら、ここへ吸い殻を捨てていくことはない。

おそらく一度は、ここへ来たであろう舎弟たちが、捨てていったものと推測できる。

「そうなの⁉　ってことは、やっぱり孤塚さんを拉致したのは、兄貴さんたち⁉」

「あ、大ちゃん！　これ、こんちゃんの！」

しかも、ここで更に未来は、通路を少し先に進んだ隅に飛ばされていた、孤塚の毛を見つけ出した。

それも、少しまとまって、砂埃と混ざっている。

「……黄金の毛。換毛期？　ってことは、孤塚さんはこんちゃんの姿で攫われたの？　え⁉　でも、そうしたら犯人は別の人？　さすがに兄貴さんたちが攫っていくとは思えないけど。でも、迷子だと思い込んだら、それもあるのかな？」

ここで大和は、孤塚が何者かに連れ去られたとしたら、こんちゃんの姿の可能性が高いと思った。

さすがに自分がリュックに入れたときに抜けたものが、外へ落ちることは考えられなかったからだ。

「こんちゃんの換毛期は終わってるよ」

「そうなの？　そしたら、自然に抜ける量じゃないよね？　やっぱり、何かしら争って捕まえられたとかなのかな？　とにかく、こうなったら一度は僕らも兄貴さんたちに会って、こんちゃんを見てないか聞くしかないね。迷子になっちゃって——って聞く分には、いきなり怒られるとかもないだろうし」

「うん！　そうだね。兄貴さんは熊みたいだけど、未来たちには優しいしね。そしたら、探しに行こう！」

結局大和と未来も宗方同様、一度は兄貴や舎弟に話を聞かなければ始まらないことになってしまった。

アパートを出ると、その足で歌舞伎町へ向かう。

だが、アパートからでは二駅、三駅分は軽く歩くし、その上急いであちらこちら回るとなったら、やはり徒歩では心許(こころもと)ない。

（今ならまだ、間に合うか）

大和は先に店へ向かうと、配達用の自転車を一晩だけ借りることにした。

遅番が帰る時間だったが、事情を話すと、そこは白兼や海堂が快諾してくれる。

（やっぱり、楽だ！　今度、買いに行こう!!）

大和は未来を、いったん背負っていたリュックへ入れて、配達用の自転車を漕(こ)いで、歌舞伎町へ向かった。

そうして先日、兄貴たちにばったり会った歌舞伎町花道通り(はなみちどお)まで来ると、自転車を降りて押して歩く。

未来は背負ったリュックに入ったまま、大和の肩に両前足をついて顔を出している。

これはこれで目を惹(ひ)くのか、やはり行きずりの者たちが目にとめて、お決まりのように手を振って笑っていく。

人通りが多い時間だが、大和が自転車を押していても、誰一人嫌な顔をしないのは、とてもありがたい。

「カー」

「あ、からちゃんだ」

――と、どこからともなく飛んできた烏丸が、大和の頭上でひと鳴きした。

まるで、大和たちをどこかへ誘導したいようだ。

「ついてきてって」

「わかった」

未来がこそこそっと教えてくれた。

大和は最初こそ自転車を押しながら、烏丸の示すほうへついていったが、これは距離がありそうだと判断すると、自転車に乗った。

歩行者に気をつけながら花道通りを抜けて、一路新大久保(しんおおくぼ)駅方面へ走る。

そうして大和は、周囲の中で一際目立つ高層マンション近くの駐輪場へ走り着いた。

夜とはいえ、人目のない場所を選んで自転車を止める。

「孤塚さんが見つかりました。やはり、省エネサイズで、このマンションの最上階の一室にいたのを、代々木の鳩会長が確認してくださって」

下りてきた烏丸が、自転車のハンドルに止まり、状況を教えてくれた。

「鳩会長が！　よかったね、未来くん」

「うん！」

「ただ、私も様子を見てきましたが、その部屋にはテラス窓があるものの、特殊ミラーの強化硝子を填め込んでいるので、開ける、破るが不可能な上に、私では中を見ることもできません。鳩会長の持つ妖力だから、見つけることができたことなので――」

こうしてわかったことを合わせていくと、もはや孤塚が兄貴や舎弟たちが根城にしている部屋にいるとしか思えない。

「そうなんだ。そしたら正面から乗り込んで、返してもらうしかないわけか」

「そういうことになります。ただ、会長が言うには、すでに飼っている気満々なのがわかる内装になっているようで。孤塚さん、とても可愛らしい部屋にお姫様のような家具一式を用意されて、お洋服まで着せられているそうです」

「――!?　それは……、そうとう手強い？」

「はい」

ただ、こうなると、どこまで相手を信じて話しに行けばいいのかが、大和にはわからなくなってくる。

しかも、ここへきて耳にした情報が、想定外すぎる。

大和の脳内に、ドレス姿のプリンセスこんちゃんがポンと浮かんだが、決してふざけているわけではない。が、かなり頭が痛い。

可愛い！　よりも、それはヤバい、マズい！　が先だったのは、これが初めてだ。

「そうか……。まさか、こんちゃんだってわからずに、ってことはないだろうし——。でも、これればかりは、確認しに行くしかないもんね！　とにかく一度、部屋を訪ねてみよう。何号室だかわかる？」

「はい。最上階ですし、だいたいは」

大和は自転車に鍵をかけて、ひとまずこの場に置かせてもらった。

そうして、背負っていたリュックを一度下ろすと、

「あと。よければ烏丸さんも未来くんと一緒に入って、ついてきてもらえますか？　ちょっと狭いし、しばらく隠れていてもらうことになりますが」

「承知しました」

「はい。からちゃん。隣に来て」

「ありがとうございます」

烏丸に未来とリュックへ入ってもらったところで、今度はこれを前で抱えるようにして両肩へかける。

（よし。烏丸さんが一緒なら、いざというときに未来くんとこんちゃんはどうにかなる。

さすがに僕までって大きさになったら、マンション内では飛行できないし、何より怪鳥として捕獲されかねないから、とにかく未来くんたちを最優先で逃がしてもらおう）

いろんな意味で心強くなって、マンションの正面玄関へ向かう。

当然、セキュリティーのしっかりしたタワーマンションだ。

エントランスからして高級ホテルのそれに見えるし、中へ入るまでがまず一苦労。兄貴や舎弟たちのいずれかが在宅してればいいが、そうでなければオートロックの前に立ち尽くすしかない。

（せめて管理人さんがいれば――ん⁉）

しかし、大和がエントランス前まで来たときだ。

丁度、車寄せに黒塗りのベンツが駐まり、中から見覚えのある舎弟たちと兄貴、そしてクラブのマネージャーを務める中年男性、宗方が降りてきた。

もとが売れっ子ホスト出身のマネージャーらしいが、今でも現役で接客できそうな長身のナイス・ガイだ。

車内は運転手が残っており、そのまま駐車場へと走り去っていく。

「本当に孤塚を拉致ったのは、お前たちじゃないのか？」

「だから、好きなだけ家捜しろと言ってるだろう。確かに俺は、いっそ孤塚を妹の入り婿にできたらな――と言ったことはある。それをこいつらが真に受けて、迷惑をかけたというなら、そこは俺が詫びる。申し訳ない。できる限り責任は負う」

しかも、ここで大和は衝撃的な事実を知った。

どうもここのところのすべてが舎弟たち独断暴走であって、兄貴自身は知らなかったようだ。

「けどな、それでもこいつらが言うには、毎回うまく逃げられて、結果的には何もできてないって。ましてや俺は、先週から台湾（タイワン）で、さっき帰国したばかりだ。孤塚が消えた話も、お前から聞いて知ったくらいで。急遽、呼びつけたこいつらだって、そう言ってるだろう」

「マジで、知らないっすよ」

「恥を晒すようだが、奴には逃げられ続けているんでね」

だが、当然の流れとはいえ、宗方がここへやってきたのは、消えた孤塚を探して。

しかし、ここにいるのはこんちゃんであって孤塚ではない。

このままでは、仮に大和が孤塚を助け出すことができても、宗方は無実の舎弟たちに、また何も知らなかった兄貴に言いがかりをつけたことになってしまう。

（どうしよう）

そう思いつつも、大和は未来たちに「隠れていて」と指示して、彼らの前に足早に寄っていった。

「ってか、宗方。そもそも俺たちが知らんと言ったところで、すぐに他を当たらなくていいのか？　客相手に、命がいくつあっても足りないような商売をしてるのは、お前らのほうじゃ……、ん⁉」

「――大和くん！」

「仔犬の兄ちゃんじゃないか。どうしてここへ？」

リュックを抱えた大和を見るなり、宗方や兄貴たちが驚いて立ち止まる。

大和は意を決して、兄貴だけに目を向けた。

「すみません。実は、こんちゃんがいなくなってしまって、探しているんです。そうしたら、たまたまこのマンションの最上階の部屋に、可愛い子狐を飼い始めた人がいるよって教えてくれた人がいたもので。それで、一応確認に……」

まずは、一歩でも孤塚に近づくために、大和は何度となく頭を下げた。

兄貴と宗方の話を聞く限り、兄貴自身には寝耳に水だというのがわかる。

孤塚のことにしても、こんちゃんのことにしても。

ただ、それなら――と、大和はどうにかして、兄貴を味方にできないかと考えたのだ。

「なんだと、こんちゃんが⁉　しかも最上階って。お前ら、何か知ってるか？」

「いえ！　そんな話は知りませんよ！」

「兄ちゃん、何かの間違いだろう！」

舎弟たちが急に慌て出す。

しかし、ここは大和も食い下がった。

「そうかもしれません。ただ、一応確認はしたいので、よかったら僕をこのマンションに入れてくれませんか？　未来くんも連れてきているんです！　その、こんちゃんとは仲がいいので、もしかしたら見つけてくれるかもって――」

リュックの中から、ここぞとばかりに未来を取り出して、兄貴に向ける。

「あんっ」

未来も大和の意図を察して、最高の笑顔で、そして少し甘えたように吠えてくれた。

「未来ちゅわん！」

瞬殺だった。

大和は抱っこで取り出した未来を、あえてリードごと兄貴に託した。

自分のほうは、烏丸の存在を悟られないように、再び両手でリュックを抱える。

「いや、兄貴！　困りますって」

「そうですよ。そんな、家捜しするような真似して。ご近所トラブルになったらどうするんです！　せっかく可もなく不可もなくって関係で生活できてるのに」

しかし、こんな大和の行動に反発したのは、舎弟たちだ。

確かに、職業柄ご近所付き合いには、気を遣っているのかもしれない。

「うるせぇ！　そんなのは平身低頭で聞いて回りゃ、わかってもらえんだろう。そうでなくても、ここはペット可分譲だ。ペットは家族も同然って飼い主が山ほどいるんだから、迷子探しに協力はしたって、それを断る奴なんざ一人もいねぇよ」

「でも！」

「くぉ～ん」

「はいはい。わかってまちゅよ、未来ちゅわん。こんちゅわん探しに行きまちょうね～」

だが、兄貴の可愛いもの好きはさておき、ペットへの理解は大和が思う以上だった。

こんなときだけに本当に助かるし、未来の兄貴を動かすタイミングも完璧だ。

「――なんだこれは」

ただ、いきなりこれらのやりとりを見せられている宗方からすれば、意味不明な展開だろう。

「見たままです。というか、すみません。孤塚さんが大変なときに」

「いや、そこはお互い様だろうから。そうか、あの子狐まで行方不明なのか」

彼は彼で、それこそ命がけで孤塚を取り戻しに来ているだろうに、兄貴の「未来ちゅわん」と「こんちゅわん」には、ここまでの緊張感をすべて持っていかれている。

それでも、背に腹は代えられない。

大和は、さっさとオートロックを解除してエントランスフロアへ入っていく兄貴のあとを、宗方と一緒についていった。

　自分の後ろには、舎弟たちも慌ててついてくる。

「どうするんですか、先輩」

「どうもこうも、打ち合わせどおりで持っていくしかねぇだろう」

「でも、孤塚のことは」

「そこは知らねぇよ。本当のことだろう」

「……はい」

　微かに聞こえてくる会話から、大和の緊張感は高まった。

（打ち合わせって、なんだろう？）

　それでも今は、未来を抱えて先頭を歩く兄貴のあとを必死でついていく。

　大理石の床に敷かれた緋色の絨毯（じゅうたん）の上を、今にも躓（つまず）きそうになりながら進んで、専用のエレベーターに乗り込む。

　あとは一気に最上階だ。大型のタワーマンションとはいえ、ここまで来ると、五、六世帯しか入っていないのが、玄関扉の数でわかる。

「わんわん！　わん！」

　――と、いきなり未来が吠えだした。

　微かに「こんこーん」と返事が聞こえてくる。

（これが、わんわんこんこんか！）

しかも、未来は兄貴の手中で前足をバタバタさせると、エレベーターを降りてすぐの扉に向かって吠え続けた。

「どうした⁉　え？　まさか、うちにいるって言いたいのか⁉」

「あ、兄貴！」

この状況に、誰より驚いていたのは兄貴だった。

舎弟たちも慌てているが、大和はここぞとばかりに前へ出る。

「未来くん、ここなの⁉　え？　でも、ここって兄貴さんのご自宅なんですか？　そうしたら一応、中を見せていただいていいですか？　未来くんの勘違いかもしれないですが」

「ああ。構わねぇよ」

「では、失礼します！　本当に勘違いだったら、ごめんなさい！」

こうなると、大和からすればただの茶番（ちゃばん）だが、どこまでも未来に従うふりをして、開かれた扉の中へ入っていく。

しかも、兄貴から未来を返してもらうと、遠慮なく玄関先から放つ。

あとは孤塚のところまで、一直線に走る未来を追いかけるだけだ。

「うわっ、お前！」

慌てて追いかけてくる舎弟たちもなんのその。

大和たちが入ってすぐに横切ったラグジュアリーなリビングからは、ネオンが宝石のように鏤(ちりば)められた新宿の夜景がよく見えた。

「あんあん」

そうして未来が一室に辿り着く。

すでに中からも孤塚が「こんこん」鳴いて、おそらく扉も叩いている。

「未来くん、ここなの？　こんちゃん!?　あ、でも鍵が」

「え？　どうしてここに？　そもそも、ここは使ってねぇから、普段鍵なんかかけてねぇはずなのに――。おい、鍵！　今すぐ、ここを開けろ！」

「……はいっ」

ここまで来れば、あとは再会を待つだけだった。

舎弟の一人が部屋の鍵を開けて扉を引くと、中からは勢いよく孤塚が飛び出してくる。

「こ～んっっっ」

「こんちゃん！」

「わんわん！」

先に聞いてなければ、まずフリフリふわふわなドレス姿に驚きそうだが、今は孤塚の無事が確かめられたことが一番だ。

大和は、抱えたリュックにいる烏丸を潰さないようにしながら、その場にしゃがみ込んで孤塚と未来を抱きしめる。

だが、この瞬間から、すでに次の問題は起こっている。

孤塚がいるだろうと決めつけてきて、こんちゃんを目の当たりにした宗方が、自分の勘違いに気づいて絶句しているからだ。

「――こんちゅわん⁉　ってか、なんだあの格好は？　そもそも、どうしてこの部屋に⁉　お前らいったい、俺の留守の間に何した！」

「申し訳ありませんっ‼」

それでも兄貴の目は、いきなり出てきたこんちゃんと、それ以上に乙女チックな変貌を遂げている一室に釘づけだ。

大和は今だとばかりに二匹を抱え、立ち尽くす宗方を避けて、玄関先へ走る。

「よかった！　孤塚さん。けど、このままだと孤塚さんが兄貴さんに拉致されたと信じてここまで来た宗方さんが大変なことに！」

そうして彼らの目を盗み、大和は孤塚に現状説明をした。

「俺のカフスはあるか？」

「あります！」

「なら、出してくれ。でもって、お前はたった今俺が来たように見せかけて、俺を中へ案内してくれ」

「はい！」

孤塚は未来や烏丸に手伝ってもらい、フリフリふわふわのドレスを脱いで、大和が財布の中から取り出したイヤーカフスを左の耳に填めた。

妖力を取り戻しながら、次第にカジュアルな服装の人間に完全変化していく孤塚を横目に、大和はリュックの中へ烏丸と未来を戻す。

「ごめんなさい、烏丸さん。一応、こんちゃんのふりをしていてください」

そうして孤塚が脱いだドレスを、無造作に烏丸にかぶせる。

「え⁉」

ここにきて、流れ弾に当てられたとしか思えない烏丸を無視して、未来まで一緒になってドレスの裾がリュックから覗いて見えるように調整している。

だが、これでじっくり見なければ、リュックの中には未来とこんちゃんが潜り込んでいるように錯覚させられる。

「さ、いいぞ。この際だ。全部まとめて俺がどうにか収めるから、派手な登場にしてくれ」

「わかりました」

大和は孤塚を連れて、今一度舎弟と揉めている兄貴の元へ戻った。

目の前を通り過ぎた孤塚に、思わず宗方が「え⁉」と声を漏らす。

「ですから、兄貴。俺たちは、こんちゃんが孤塚のペットだとわかったもので、奴を呼び出すために捕まえてきただけなんです！」

「こんちゃんに罪はないので、できる限りのおもてなしをと思って。それで部屋も兄貴好みに！」

「は⁉　意味がわからねぇよ！　ってか、どさくさに紛れて、俺のせいにするな！　これ全部、お前らの趣味だろう！」

大和は一度深呼吸をすると、完全に内輪揉めになっている兄貴たちに声を発した。

「お取り込み中のところ、すみませんっ！　今、孤塚さんが来ましたけど！」

「――あ⁉」

「孤塚っ！」

「あと、何か誤解をされているようですが、こんちゃんの飼い主さんは別の方です。僕や孤塚さんとも共通の知り合いですが。ここはきちんと釈明して謝罪しないと窃盗になりますよ！　その上、こんちゃんで孤塚さんをどうこうしようなんて、強要罪もつくでしょうし。ましてや、孤塚さん自身を誘拐して、妹さんと結婚させようなんてことをしたら、営利目的等略取及び誘拐で一発懲役の重罪になりますからね！　執行猶予もないですよ‼」

更には、孤塚を見て驚く兄貴や舎弟たちに向けて、知りうる限りの刑罰を並べ立てた。

このあと少しでも孤塚が話しやすいように、また宗方の勘違いを少しでも相殺できればと思ったからだ。

「……兄ちゃん」

「孤塚っ！　昨日からどこへ行ってたんだ。みんな連絡が取れなくて、心配して探してたんだぞっ」

ただ、大和が必死に頑張っているというのに、その背後では、宗方が孤塚の胸元を掴んで揺さぶりまくっていた。

それは服じゃなくて毛皮だから、痛いとわかるだけに、大和は「ひっ」と悲鳴を上げそうになる

「あ、すみません。久しぶりに飲んで自宅へ帰ったら、二度寝、三度寝しちまって。というか、そこはあとで説明しますんで、まずはここの兄貴らと話をさせてくれます？」

だが、これに関しては、孤塚が宗方の手首を掴んで、やんわりと外した。

そして、孤塚の鋭い視線が兄貴と舎弟たちに向けられると、

「俺だけならまだ仕事の延長で我慢も利きますが、今回はダチとペットにまで迷惑かけられたんで」

大和は未来と烏丸の入ったリュックを、今一度抱きしめてしまった。

＊　＊　＊

リビングセットに腰を落ち着けて話をすることになったものの、大和はこれからどうなることかと思った。

そもそも話し合いでけりがつくなら、こんなことにはなっていない。

相手に聞く耳があるなら、拉致して入り婿なんて発想も出てこないだろうからだ。

しかし、ここは兄貴が第一声、「うちの者たちが迷惑をかけてすまなかった」と、それこそ低頭平身で謝罪してくれた。

その上で、「話の流れから宗方が誤解をして、自分のところへ突撃したのも理解ができる。何より先に迷惑をかけているのは自分たちだし、こんちゃんのことにしても、すべてこちらが悪い」と認めて、孤塚と宗方、大和の全員に頭を下げてくれた。

また、舎弟たちにもきつく言いつけて、その場で謝罪をさせて、二度と迷惑をかけないことも誓わせた。

そうして、さんざん謝り尽くしたのちに、最後に「もう一度。もう一言だけ」と、孤塚に聞いてきた。

「俺の妹は駄目か？　年も離れているし、俺も親みたいになっているんだが」

大和から見ても、その言葉に嘘はなかった。

自分が店に行ったときに一度見かけたが、確かに孤塚に熱を上げている妹は、兄貴とは一回りは離れていそうだった。

孤塚と同じくらいか、烏丸よりは少し上か？

いずれにしても、少し派手めなタイプで、聞けばクラブのホステスをしているらしいが、綺麗で可愛い女性だった。

ただし、兄貴の「こんちゅわ〜ん」には、舎弟たち同様、本気で頭を抱えていたが。

「ああ見えて、ここまで入れあげてるのは、初めて見る。と、いうか。昔からテレビにかじりつきで、やっと生身の男に目を向けたかと思ったら、最初の男が最悪な野郎でな。しばらく男どころか、人間そのものが駄目になった時期もあったから、つい俺もお節介を承知で聞いてるんだが」

大和はずっとリュックを抱えながら、孤塚がどう答えるのかを見ていた。

ふと、前に孤塚が漏らした「ホストが接客のプロなら客も遊びのプロであれ」という言葉を思い起こす。

「すみません。俺は仕事を続ける限り、今のスタイルを変えるつもりがないんで。その、相手が誰とか関係なく」

発した言葉は違えど、大和は孤塚が今しばらくは、接客のプロで生きていくのだと言い切った気がした。

思えば、数ある仕事の中で、どうして孤塚がクラブホストを選んだのかはわからない。

だが、大和と同じように聞くことに徹している宗方は、今の言葉を聞いて少し嬉しそうだ。

「――なら、店を辞める気は？　まあ、妹のことは、この際別にして。いずれはお前だって年を取るだろう」

それだけに、続いた兄貴の問いかけに宗方は眉を顰めた。

すると、孤塚が足を組みながら、フッと鼻で笑う。

「兄貴さん。ヤクザを辞める気は？」

面と向かって、兄貴に聞いた。

「今の組を辞める気は？」

確認を取るようにして、更にもう一度。

「ようは、そういうことだ」

そうして、短い言葉で締めくくる。

しかし、言われた兄貴のほうは、両目を見開き、一瞬唇を噛み、そうして最後は溜息を漏らして一笑をした。

「そうか――。まあ、そう言われちまったら、納得するしかねぇな。あいつには俺からも、孤塚はやめておけ。お前じゃ無理だって言っておくよ」

「よろしく」

だが、一度は不快そうな顔を見せたはずの宗方が、今度は苦笑いを浮かべる。

それは嬉しいが困る――とでも、言いたげに。

（孤塚さんには辞めてほしくないけど、辞める気持ちがまったくないっていうのも、ちょっと心配なのかな？　自分がこの世界に長くいるってことは、苦楽のどちらも知っている。年齢を重ねたからといって、楽になることもないって、実感があるから――？）

どんなに想像を重ねても、他人の気持ちはわからない。

ましてや大和は勤めたこともない世界の話だし、接客側のことならまだしも、遊ぶ側のプロとなると、想像さえもお手上げだ。

「じゃあ話はついたってことで。子狐の飼い主には、俺から謝罪と説明をしておくから」

それでも孤塚と兄貴は、理解し合えたのだろう。

孤塚が組んだ足を崩して席を立つと、兄貴もそれに従った。

「申し訳ねぇが、よろしく頼む。もちろん、会ってもらえるようなら改めて詫びに行く。まあ、普通は敬遠されるだろうが」

「――一応、聞いておくよ。けど、これまで大和経由でおやつ代をもらってるみたいだから、向こうとしては、かえってトントンで不安がなくなるかもな」

「そうか」

これに舎弟たちや宗方も従い、もちろん大和も従った。

揃って玄関先へ向かう。

ずっと息を殺すようにして、黙っていてくれた未来や烏丸のことを、リュックの上から優しく撫でてご苦労様と、もう帰ろうね——を伝える。

そうして、「車で送っていくから」と言われて、一階のエントランスまで見送ってもらったところで、大和は「自分は自転車なので」と断った。

「そっか。そしたら、最後に——もう一度いいか？　あ、抱っこじゃなくて、ちょっと触るだけでいいからよ」

大和におねだりをする兄貴は、こうして見ると、出会ったときからずっと同じだ。

だからといって、大和がたまたま彼の一面しか見ていないのだろうことはわかっていたし、今後も警戒心は持ち続けなければいけない相手だ。

それでも、ペットファーストな姿勢だけは理解ができるし、おかげで今夜はとても助かった。

「あ、はい。でも、こんちゃんは眠ってしまったみたいなので」

「あんっ」

そして、そこは未来にも通じたのだろう。

大和がリュックの口を開くと、サービス満点な笑顔を自ら覗かせた。

「そっかそっか。まあ、いきなり知らないところへ連れてこられたんだ。ようやく安心して、眠ってるのかもな」

堂々と撫でられて笑っていた未来と、気を遣って指先でちょんちょんされた烏丸の心情差を思うと、なかなか複雑だ。

「烏丸さん。ごめんなさい」

大和は駐輪場で一人になって、彼を深夜の空に放ったときには、心から申し訳なく思って両手を合わせた。

「いえいえ。気にしないでください。さ、帰りましょう！」

「はい」

それでも未来を入れたリュックを背に自転車を漕ぎ出すと、遅ればせながらすでにもらっている夏のボーナスの使い道を決めた。

帰りがバラバラになってしまった大和たちが、全員〝飯の友〟に揃ったときには、すでに日付が変わっていた。

大和が未来を送っていくと、狼が「もし、よかったら冷や汁を作ってあるぞ」と言ってくれたので、心からありがたくいただいた。

これから床(とこ)につくことを前提にして作られたそれは、鯛飯(たいめし)にお出汁の利いた冷やし味噌汁がかけられ、薬味とアラレがたっぷり載せられたもの。

（さっぱりしていて、冷たくて。何より、自転車で走り回ってきたところに、この清涼感。全部美味しい！）

大和は嬉しそうに食べると、ちゃっかりお代わりまでしてしまった。

しかし、これにつられたのか、留守番をしいられるしかなかった狼に笑顔が戻る。

「そうか――。なんにしても、戻ってこられてよかった。例の兄貴のことも決着がついてよかったな」

「おかげさまで。それで、俺を見つけてくれた代々木の連中は？」

孤塚もすっかり妖力が戻ったようだ。

「今夜は遅いし、明日向こうに行くと言ってある。運動会の打ち合わせもまだ残っているから」

「了解」

ただ、大和がこれで帰ろうとしたときだった。

未来が座敷から手を振り呼んできた。すっかり夜更かしになっているが、大和はそれを注意する前に「可愛い～っ！」と声が出てしまう。

それらにつられたように、カウンターを挟んでいた狼と孤塚、そして烏丸がいっせいに振り返る。

「見てみて！　えいちゃんとごうちゃんに着せたら、すごく可愛くなったよ！」

「あんあ～ん」

「きゅお～ん」

「永ちゃんだけでなく、劫くんも気に入ったんだね。よかった」

そこにいたのは、フリフリふわふわなドレスを着ている永と劫だった。

永は当然のことながら、劫もなかなか似合っている。

本人もまんざらではなさそうだ。

だが、これに狼が目を細めた。

「――あれは？」

「舎弟さんたちが、省エネ孤塚さん用にと、たくさん買われた洋服です」

「ああ。せっかくだから、受け取ってほしいって言われてさ。サイズ的に永なら合うから、一応もらってきたんだよ。まさか劫まで着るとは思わなかったが」

「これを孤塚が着せられてたってことか？」

「はい。すごく似合ってましたよ」

「うん！　こんちゃんもからちゃんも、すっごく可愛かった！」

しかし、ここで未来が孤塚だけでなく、烏丸の名前まで続けて出したからだろう。

狼が堪えようとする前に、もう噴いた。

「ぶっ‼」

「店主！」

「笑うな！　せめてお前くらい気の毒がれよ！　自分がこれをやられたらって、想像がつくだろう！」

　ここ最近の大和からの扱いを見ていたために、孤塚だけなら狼も我慢が利いただろう。しかし、完全に仏頂面(ぶっちょうづら)になってしまった烏丸のフリフリふわふわを想像したら、それが鴉であっても耐えられなかったのかもしれない。

　大中小のどんなサイズを想像しても、また人間の姿で想像しても、このフリフリふわふわなドレスは、それだけ最強だということだ。

「いや、無理だろう。俺は生まれてこの方、可愛いなんて言われたことはない。それこそ、永劫サイズの頃から、可愛いとは無縁だ」

　ただ、ここで再び大和が食いついた。

「――え？　どんな種族でも、赤ちゃんの頃は可愛いばっかりだと思いますけど。それに狼さんなら、色違いの未来くん、永ちゃん、劫くんになるだけですよね？」

「そうでもなかったようですよ。店主はお生まれになったときから凛々(りり)しい、カッコイイ、強そうと表現されてこられたようなので」

「あ、そっちなんですね。そう言われると、なんかわかります」

思いがけないところで赤子の狼の姿を想像してしまった。

（――いや、赤子は赤子だよな？　どんなに生まれたときから目が鋭いとか、据わってたとかだとしても、可愛いよな？　それともクールベビーとかいるの？）

しかし、どんなに目つきの鋭い狼を想像しても、原型が永・劫だ。

そこへ省エネこんちゃんの影響もあり、大和にはどう頑張っても、可愛い以外の狼ちゃんが思い浮かばない。

これはちょっと困った。また口元が緩んでくる。

（でも、狼さんは孤塚さんみたいな省エネサイズには、なれないのかな？　あとは換毛期。狼さんにブラッシングをしているのは未来くん？　烏丸さん？　大型の鈍色オオカミさんのブラッシングなんて、さぞとかしがいがあるだろうな～。ふふふ）

自然と大和の両手が自身の口元を隠した。

それを見ていた狼の背筋が、どうしてか、ぶるっと震えた。

# 8

大和にとって〝新月のこんちゃん大捜索〟があってからの数日は、瞬く間に過ぎた。

翌日には、狼と孤塚が代々木へ出向いて、お礼をすると同時に、運動会の詳細を決定してくれた。大和が考えた子供たちの競技や、リスや小鳥たちの競技のアイデアも、すべて無事に通ったようで、これだけでも大和は万々歳だった。

ただ、こうなると開催日と仕事が重なることだけが心配だったが、それは今週末の土曜と決まり、丁度、シフトの三連休初日で、これはもう幸運以外の何ものでもなかった。

シフト表にも、この日の休みだけはずらせないことを赤ペンで強調し、その後はひたすら仕事に打ち込む。

そうして、金曜までの仕事を終えて、大和は事務所でシフトを見ながら破顔した。

(すごい。誰も僕の三連休を邪魔しない。変更の打診もしてこない！)

こんなことは、入社して以来初めてだった。奇跡じゃないかと思う。

「え？　大和って明日から三連休なの⁉　それも次の出勤が遅番ってことは、三泊四日でも出かけられる日程？　うそ～っ。何それ？　どんな魔法？　今度私にも教えてよ」

　すると、後ろ姿だけで浮かれているのがわかる大和に、深森が声をかけてきた。

「教えるも何も、たまたま初日の公休に代休がくっついただけだよ。それも、店長や海堂さんが急用だったからって、日にち指定で休みを入れ替えたら、こうなったんだ。さすがに、僕が自主的に押さえた夏休みじゃないよ」

　奇跡の種明かしをしてしまえば、こういうことだった。

　それでも以前は、代休さえもポンポン潰れたので、本当に今回は嬉しい。

「え～。何それ。だったら私にも聞いてくれたらいいのに」

「いや、取り替えた先が来月最初の土日だよ。そう言ったら、どうして僕に交渉されたか、わかるでしょう」

「――あ。ドリドリスターズの同窓会プレミアライブか。ごめん。私、いないわ」

「だろう。今週末は代々木のホールで、来週末は横浜（よこはま）アリーナ。シフトに書いただろう」

「え～。でも、海堂さんならまだしも、店長まで私のツアーチェックとか……。改まって言われると、すごく恥ずかしいんだけど」

　大和は深森に目配（めくば）せをされると、一緒にタイムカードを押してロッカーへ向かった。

「今更？　入社初年度の年末繁忙期にまるっといなかったところで、もう社長から何から、全員諦めてると思うよ」

「諦めてるは、ひどくない？」

「だって、もうこれ、我が社の伝説だよ。結局忙しすぎて、白兼専務どころか紫藤社長まで降臨したくらいだからね」

「――あ。そうだった。そのせいで、話を聞きつけた近所のご婦人方がいっせいに詰めかけて、余計に忙しくなったたって話だっけ」

「うちのツートップは、揃いも揃ってイケメンだからね」

そうして他愛もない話をしつつも、大和は当時のことを思い起こした。

「でも、そのとき社長や専務は笑ってたよ。普段しっかり仕事をした上で、堂々と取った休日で心から楽しんでいるのはいいことだし、むしろ理想的だって。きっと出勤してきたら、また次の休みまで頑張ってくれるんだろうから、それで充分だって」

今ならわかる。あのときの言葉は、決して深森だけに向けられたわけじゃない。

大和や他の社員、パートやバイトに対しても同じことが言われていた。

それこそ、これがみんなで守れることが、いい職場作りになる。

誰か一人二人の犠牲の上に成り立つような職場は、そもそも俺たちは目指していないいんだ――と。

「なんてホワイト！　ブラック上等会社が多い中、最大のラッキーを引き当てたわ」

「まあ、面接のときに堂々と〝コンサート予定の日だけ休みをくれれば、普段は残業でもなんでもします。ちょっとやそっとじゃ絶対に辞めません！　だって生活費とコンサート代を稼がなきゃ！〃って言い切った深森を雇った会社だからね。覚悟の上だよね」

「もう、そんなのいつまでも覚えてないでよ～っ」

ただ、さすがにここまで思い返すと、深森が恥ずかしそうに両手で顔を覆った。

「でも、今なら深森のエネルギーの源？　みたいなのが、どんな感じかわかるかな。趣味や楽しみがあるって、それだけで働きがいが出てくるよね」

「でしょう！　やだな、もう！　大和ったら、わんこちゃんたちが推しになってから、話がわかりすぎる～っ」

いつになく、はしゃぎながらロッカーのドアを開ける。

すると、「あ！　待ってたのよ」と、精肉パートの口田から声がかけられた。

一瞬、大和は全身をビクリと震わせる。

(何⁉　明日の休みだけは絶対に替えないよ！)

もはや、条件反射のようだが、自然と両手の拳を握りしめ、奥歯までグッと噛みしめてしまう。

「深森ちゃん。ちょっといい？　さっき、来月頭のドリドリスターズのチケットが一枚余ったって、電話してたわよね？　予定していたお友達が行けなくなったとかなんとか」

「はい？」

「それ、うちの子が行きたがってたやつなのよ！　だから譲って」

だが、声をかけられたのは、覚悟を決めた大和ではなかった。

珍しいことだが、深森のほうだ。

「あ――、ごめんなさい。すぐに同伴者は決まるので」

「そうなの？　でも、まだ決まってないんでしょう。ちゃんとお金は払うし、なんなら二枚連番で引き取ってもいいから。そしたら、私も付き添いで行くし。ああいうのって、保護者同伴のほうが、心配ないんでしょ？　それに、初代のドリドリなら私もちょっとわかるし～」

第三者である大和が聞いても、そうとう非常識に思えるお願いだった。

同じ話をするにしても、他に言い方がありそうな気がするのは、勘違いではないはずだ。

ただ、口田はいつも、誰に対しても、こんな話し方をする女性だった。

今日が特別ではない。

だが、譲渡を頼まれたチケットは、深森にとっては言うまでもなく特別なものだ。

瞬間、大和は同じ室内にいて、ものすごい温度差を感じる。

「はぁ……。でも、生憎(あいにく)私も他人様に譲れるほどの枚数は取れていないんで、ごめんなさい。それに、もし娘さんがどうしても行きたいって言うなら、今からファンクラブに入って、次のツアー申し込みを頑張ったらいかがですか？　それでも、会場や日時の希望によっては、確実に取れる保証はないですけど」

それでも深森は、かなり普段どおりの口調で断り、また次回のツアーを勧めていた。

口田には中学生と高校生の娘がいるはずだが、どちらが「行きたい」と言い出したにしても、これくらいならできるだろう――という内容だ。

こうして保護者もいるのだから。

「えー。でも、それってお金かかるんでしょう。その上、確実じゃないなんて。もったいないじゃない」

しかし、さすがにこれは言っては駄目な言葉だろう！　と、大和が身構えた。

それを察したように、深森が大和の前にスッと手を出す。

「そうですか？　でも、私も生活費を切り詰めて捻出しているものなので～。申し訳ないですけど、他を当たってください」

「そんな、追っかけの知り合いなんて、そうそういないわよ」

「それでしたら、チケット販売会社からの発売日をくまなくチェックで、まずは電話受付で戦ってください。やり方は多分――、娘さんのほうが詳しいと思います。私も中学に上がった頃には、自分で申し込んでいたので」

「何よ、もう。ケチね」

「すみませ～ん。どう言われても、人生かけてるんで～。ふふふ～っ」

そうして口田は、どうにもならないと諦めたのか、最後まで軽い口調で言いたいことだけを言って、ロッカールームを出ていった。

それを見送った深森も、負けじと普段どおりの口調に徹している。

だが、それだけに大和は心配だった。

今の深森が、ほんの少し前の自分に見えた。明らかにカチンと来ることを言われているのに、それを意図的に聞き流す。それが、溜まりに溜まって、やりきれなくなったところで体調を崩して出社拒否。仕事を休んだときの自分と重なったからだ。

「深森」

「いや、無理でしょ。何が連番で引き取ってもいい、よ。そもそも彼女、来週末はシフトを入れてるのに、仮にチケットを譲ってもらったとして、誰に仕事を変わってもらうの？　まさか、私？　いや、もう――絶対に無理だから！」

ただ、そんな不安がよぎったためか。次の瞬間、深森が両腕を組んだと同時に、態度を一変。吐き捨てるように「無理」と言ったことに、大和は胸を撫で下ろした。

かなりホッとしたのだ。

「でも――、それを本人にズバッと言わないところは、偉いよね」

同時に、感じたままを口にした。

「え？」

「あ、ごめんね！　言い方が上からっぽくなっちゃって。でも、本当は〝ふざけたこと言わないでください〟くらい、言いたかったでしょう。僕のほうが言いそうだったし」

深森には驚かれてしまったが、大和は今感じていることを正直に話した。

もちろん、口を挟まなかったのは、深森からの合図があったからだ。

ここで大和が間に入ったところで、話をややこしくする。

仕事のことならまだしも、完全にプライベートな内容だけに、深森自身が大和を巻き込みたくなかったのもあったのだろう。

しかし、それでも我慢は我慢だ。

自分が言いたいことを遠慮した自覚があるだけに、限界を超えれば爆発する。

「うわぁぁぁんっ」

いきなり声を上げて泣き出した。

「え⁉　ちょっ、深森！」

「理解してくれて、嬉しい～！　いやもう、マジですっごく腹立った！　ふざけたこと言ってんじゃねぇよ、○そ○ばあ！　とか言いそうなのを、グッと飲み込んだ。脳内でピーって、自主規制の音まで聞こえたわよ。今もだけど！」

深森はここぞとばかりに愚痴った。

だが、それでも自主規制をかけたのか、途中で声を発しないところを作って、声に出してまで口汚く罵ることはしなかった。

「普段、アイドル追っかけなんか馬鹿にしてるくせして、本当いや！　誰が当然の対価を惜しむ奴を同伴に選ぶか！　ましてや愛も努力もないくせして、きぃぃぃっ！」

さすがにそれも途中でもたなくなったようで、腹の底から怒っていたが、それでも声のボリュームは、そうとう控えめだった。

その分大和には、怒りの度合いを感じたが。

「――だよね」

とはいえ、大和も今だけは、深森の怒号寸前の愚痴を止める気にならなかった。

むしろ、好きなだけ吐き出していいよ――と言いたかったくらいだった。

なぜなら口田は、今もきっと、自分が深森にそうとう無礼なことを言ったという自覚がないだろう。

ちょっと自分の趣味や、大事にしていることと置き換えたら、わかりそうなものなのに。

それをしないし、できないし、もしくはその必要も感じていないから、普段から言い方が変わらない。

（こういうのも、孤塚さんの言っていた〝もったいない〟ってことなんだろうな）

通じる言葉かあるのに通じない。

言葉をうまく使わない。

何より相手の気持ちになって考えない。

（は〜っ）

大和は内心で溜息をついた。

せめて明日にこの気持ちを持ち越さないように、帰宅したときには、わざと声に出して溜息を連発した。

＊＊＊

人知れず行われる新宿御苑チーム対代々木公園チームの運動会。

競技自体はそれほどないので運動会は午前中に、その後はみんなで昼食会で、飲めや歌えやの親睦会となる。

本来はこれがメインだったのだろうから、それだけに狼たちも準備に余念がない。

当然、参加者たちの持ち寄りもある。

「さてと――。炊けたかな？」

そして、この日の持ち寄り分を目指して、大和は先日残念な仕上がりになった炊き込みご飯のリベンジをしていた。

キノコご飯を食べたときに、なんとなく狼に愚痴ったら、アドバイスがもらえたからだ。

〝それならめんつゆではなく、顆粒出汁を使って炊いてみるといい〟

〝顆粒出汁ですか？〟

〝普通にお米をといで、水を指定の線まで入れて。一合に対して、小さじすり切り一杯くらいか？　あ、この場合、鰹（かつお）じゃなくて昆布のほうがいい。どんな具材に対しても、喧嘩にならない〟

狼は、さらっとだが味のつけ方を教えてくれた。

〝——で、あとは好きな具材を足して、そのまま炊飯だ。肉は脂身に気をつけて、野菜は水分の多いものに気をつけてとかあるが。炊き上がったときの、飯の味さえ濃くならなければ、どうにかなる。まずは一合単位で味や飯の硬さを確かめてから、次回に顆粒を増やすか、減らすかしていけば、自分好みのベース味に辿り着く。酒や醤油はそれから足しても遅くない〟

聞けば、それでいいの？　といった内容だった。

しかし、この説明の前には「市販の炊き込みご飯の素じゃ駄目なのか？」と真顔で聞いてきたので、総じて言わんとすることがあるなら、「慣れないうちは下手なことはするな。素材の味と企業努力を信じろ！」ということだろう。

〝もしくは、インターネットで検索したら、まったくそのとおりに作ってみることだ。炊飯器が壊れていない限りは、間違いない〟

大和からすると、最後のこれが一番耳に痛かった。

よくよく考えれば、目分量で成功できるスキルも経験もないのに、調味料を計量するということをしていないのが問題だったのだろう。

目から鱗というよりは、自分のずぼらさを思い知るだけだった。

「炊けた！　どうかな？　不安すぎて、顆粒出汁だけで炊いてみたんだけど……。あ、なんかイイ感じ！　でも、これだと寂しいから、胡麻と鰹節くらい足してみようかな」

しかし、反省したにもかかわらず、大和はまた方向違いなお試しをしていた。

「いい！　けっこうイケる‼　――でも、あれ？　これなら白米にあとから足しても、大差ないんじゃないか？」

そうして、幼児の〝何もしないのが一番のお手伝い〟みたいな境地に達する。

そう。素直に白米だけ炊いておけば、それが一番間違いがないのだ。

だからこそ飯の供、また〝飯の友〟という存在があるのだから――。

「さすがに白米の持ち寄りはあれだし、そしたらこれが一番喜ばれるよな」

結局大和は、今回の持ち寄り分に関しては、子供の喜びそうなお菓子をたくさん買っていくことにした。

喧嘩になっても困るので、今日だけは未来たちの好きなおまけつき菓子は避けることにして――。

しかし、作るほうには心許ない大和だからこそ、〝飯の友〟では狼のやる気に火を点けてくれていた。

出す料理は常に絶賛。「美味しい」を連呼で、幸せそうな顔で食べてくれる。

また、どんな品を出しても、自分が生きるために食を通して命をいただき、またご馳走になることへの感謝があり、そこが狼個人としても見ていて気持ちがいい。

作り手としても、これほど嬉しいことはない。

なので、今日のお弁当も当然のことながら、腕によりをかけた。

先日、大和と未来が「あれと」「これと」と言っていたメニューに必要なものを、昨日のうちから下ごしらえを含めて、それこそせっせ、せっせと作り続けたのだ。

「こんなものか？」

ただ、そうはいっても、今日は普段と違う。

競技とそれに対する参加者の人数は明確だが、最終的にどれだけの者たちが集まってくるのかがわからない。

いくらメインが双方の公園に在住の者たちとはいえ、すでに話は新宿、渋谷の地域で広がっている。

また、烏内会で揉めたときに、烏丸が港区あたりに鳩や鴉をぶっ飛ばしていることから、場合によっては、そのあたりにも話が広がっていて見学に来るかもしれない。

なので狼は、烏丸にも手伝ってもらい、とにもかくにも大量のお昼ご飯を作った。

向こうのドン・ノラがどんなイタリアンを用意してくれるのかはわからないが、少なくとも未来と大和のリクエストに応えておく分には、被ることはないだろう。

また、これで被ったところで、偶然だな――で、やりすごすと決めて。

量だけで言うなら、軽く百人分はありそうだ。

これで足りなくても各自の持ち寄り分があるし、また余ったところで持ち帰ればいいだけだ。

すると、カウンターの中で作業を続けていた狼の視界に、そろりと近づく小さな耳が見えた。時折嬉しそうにひょこっと動く。

狼は、声をかけることなく作業を続けた。

「わ〜っ。可愛い、タコさんウィンナーと綺麗な玉子焼き〜。大ちゃんが好きって言った唐揚げとアスパラのベーコン巻きに、野菜の煮物もある〜」

店の中に所狭しとでき上がった料理が並ぶ中、未来は狙いを定めたようにカウンターに置かれた重箱の中を覗いた。

手には爪楊枝を持っている。

「おにぎりでしょう。海苔巻きでしょう。お稲荷さんでしょう。この小さな木は、なんて言ったっけ？　でも、未来に味見をして〜ってお願いしてくるのは、やっぱりタコさんだからね〜」

未来は一番好きなタコさんウィンナーに爪楊枝を向けて、ブスッと刺すと、そのまま口へ運んだ。

（おいひ〜っ！）

重箱の手前には綺麗な玉子焼きがあるが、つまみ食いには少し大きい。

その横にある小さな木——ブロッコリーは、あとでみんなと食べるからいいよね？　で、二個目もやっぱりタコさんウィンナーに手を伸ばす。

「未来さんもお手伝いですか？　偉いですね」

すると、背後から烏丸の声がした。

両手に永と劫を抱えて、どうやら本日の競技のウォーミングアップをしてきたようだ。

代々木はアスリートが云々と言っても、いざ自分たちが手塩にかけて育てている子供が参加するとなれば、力の入り方が変わる。

特に永と劫も〝みんなでよちよちポテポテ競走〟に出ると決まって、張り切っているので、ここ四日間程度ではあるが、「よーいドン」で走る練習をしていた。

まだまだ短い足で走る姿は、確かによちよち、ポテポテしており、烏丸はこれを競技タイトルごと考えた大和を密(ひそ)かにリスペクトし始めている。

「んぐっ！」

だが、そんなことを考えているうちに、未来は食べかけウィンナーを喉に詰まらせて、胸をトントン叩いていた。

「え⁉　未来さん！」

永と劫を座敷に下ろした烏丸が、慌てて背中をさすり、狼がカウンターの中から水の入った湯呑(ゆのみ)を未来へ渡す。

ゴクンと飲めば、すぐに治る。

「大丈夫か。未来の手伝いは、味見専門だもんな」

「ごめんなさ～い」

全部バレていたと知り、未来の耳が恥ずかしそうにへこっと垂れる。

「それで？　味はどうだった」

「おいしー！　すごくおいしー！　大ちゃんも喜ぶ！　絶対に好き！」

それでも未来の耳と尻尾は、すぐにピンと起きた。

特に大和の名前や好きを口にするときには、尻尾がブンブン振れる。

「なら、よかった」

「おはようございま～す」

そんなやりとりをしている間にも、大和と孤塚が揃って店へやってきた。

「ちわーっす」

「わ！　すげえな」

「これ全部狼さんと烏丸さんで？　すごい！　美味しそう！」

やはり、カウンターや座敷に置かれた料理の量に目が行き、圧倒されてか絶賛の嵐だ。

「いきなり出勤にならなかったみたいで。よかったですね」

「はい。三連休とはいえ、正直明日明後日はイレギュラー出勤を覚悟しているんですけどね。でも、今日だけ死守できたら、そこは気持ちよく対応できるので」

特に大和は、烏丸からシフトのことを言われて照れくさそうにした。

「えーっ。お仕事入ったら、未来たちと遊べないよ〜。また、お泊まりもしたいよ〜」

「あんあ〜ん」

「きゅお〜ん」

立ち話をしているだけで、未来が大和の手を握り、座敷の上からは永と劫が尻尾を振ってくる。

「あ、そうだった。そうしたら、呼び出されませんように〜って、僕と一緒に祈ってて。いっぱい遊べて、お泊まりもできますようにって」

「はーいっ」

「あん！」

「きゅお！」

これまでの経験上、実際どうなるのかは当日までわからなくても、大和の笑顔は本物だ。

「いろんな意味で臨機応変になってきたみたいだな」

「何事にも無理がなさそうで、いいですね」

出社拒否を起こしたときの沈みきった顔を見ているだけに、狼と烏丸も安堵する。

「ありがとうございます。これも皆さんのおかげです」

大和は、自分が自然に浮かべる笑顔を見て、心から安心し、また喜んでくれる者たちがいることに、いっそう顔がほころぶ。

「そんなことはない。結局、自分を変えられるのは自分だけだ。周りから影響を受けることはあっても、それをいい意味で活かせるかどうかは、本人次第だからな」

「はい」

一つの笑顔が二つになり、二つの笑顔が三つ四つと増えていく。

日常の中において、これがどれほど大切で、また幸せなことなのかを、狼自身も大和を見ていて実感しているようだ。

「じゃあ、料理を運べるようにまとめて、会場へ行くか。なんだか狸たちが声をかけて、盛り上がった両区間の勤め人たちで、本格的に会場を準備したと腹を叩かれたから。楽しみだ」

「わーい！　運動会だ！」

「あ、おやつもたくさん持ってきたよ」

「やったー‼」

そうして狼のかけ声で、大量の料理や大和が持ってきたお菓子が先に、運動会会場へ運ばれる。

「では、先に――」

「頼むな」

百人前はあろうかというこれらを、ひとっ飛びで運んでくれるのは、大鴉となった烏丸だ。

また、代々木方面からは、鳩たちが群れを成して、ドン・ノラの料理を運んできているようだ。

（人間界でお勤めしている狸さんたちが準備ってことは、小学校のそれに近いのかな？　しかも、とうとう、噂のドン・ノラさんに会える！）

大和は、これもまた楽しみだったようだ。

新宿渋谷の二区対抗で行われる運動会は、双方の中間地点にある森の中の平野部分で行われることになっていた。

狸たち――人間界で働けるだけの変化妖力を持つ者たちが集まり、設営準備にあたったという会場は、大和にも覚えのある小学校のグラウンドで行う運動会そのものだった。

ただ規模的には幼稚園くらいだろうか？

円状にラインの引かれた周り三ヶ所にテントが設置されており、そのうちの一つが運営部なのか、ちょっとした放送機材と発電機なども置かれている。

（す、すごい。全部持ち込み手動で？　それともこういうのにも、妖力って使えるの？　鳥内会があるなら、ふつうに地上派町内会もあるってことかな？　なんにしても狭間世界に人間界の楽しいところだけが持ち込まれてでき上がっているのが、いいな～）

大和はこれまで見てきた限り、個々の差はあれど、狼や狸たちに変化できる力はあるが、魔法と呼ばれるような現象を起こす力はないと思えた。

ただ、先日の鳩会長のように、特殊ミラーの強化硝子の向こうでも見ることができたり、烏丸のように野生の野鳥仲間を統率したりと、個々に違った能力があるのは確かなようだ。

では、ドン・ノラはどうなのだろうか？

「チャオ～、狼。近所に住むわりには、久しぶり」

「あ、ああ」

などと考えていたとこで、代々木公園に設置された門の管理人であり、イタリアンバルのシェフでもあるドン・ノラが狼に声をかけていた。

見れば、長身にスラリとした肢体の美形で、緩やかなウェーブのかかった白銀の長髪を背に靡(なび)かせている。

鈍色の狼とは、とても対照的だ。

また、調理場に立つような白衣を纏い、その襟元には真っ白なファーを巻いていた。が、これが大和からすると、調理人のトータルコーディネートとしては、正しいのかそうでないのか判断に苦しむ。

彼に対する謎は深まるばかりだ。

(うわ〜っ。この人が冬毛に妖力を使いまくってるホンドオコジョのドン・ノラさんなのか。いくら地毛とはいえ、襟元に冬毛のファーそのものって暑くないのかな？　いや、暑いから〝最近の猛暑は〟って愚痴るんだったっけ？)

それでも話に聞くより、本人のほうがインパクトが大きくて、すでに大和の目は釘づけだ。

(確かにキザで軟派で俺様風なところはありそうだけど、孤塚さんとは似て非なるって感じかな？　というか、ガチガチの在来種なのにチャオで登場とか――。鳩会長さん共々、代々木はキャラが濃いな〜っ)

ここへきて、オオカミだ鴉だ狐だというのが、至ってシンプルに思えてきた。

おそらく狼や孤塚が聞いたら「慣れただけだろう」と言いそうだが、大和からすると、やはりドン・ノラだけでも強烈だ。

そこへ鳩胸の中年紳士となったら、しばらく夢に出てきそうだ。

——などと考えていると、不意に彼が振り向き、大和と目が合った。

「へ～。初めて見る顔——、生粋の人間だね」

まるでパリコレの舞台を歩くようなモンローウォークで、ドン・ノラが寄ってきた。

(立ち姿を見ただけでも強烈なのに、動き出したら更にすごいなんて！)

大和は、彼を「変わってる」の一言ですませる狼たちのほうが、よほど慣らされてしまったのではないかと思う。

「初めまして。ドン・ノラだ」

「は、はい。初めまして。大和大地と言います」

「ふ～ん。へ～。ほ～」

彼は側まで来ると、大和に左右上下と視線を向けて、その上鼻先をクンとさせた。

「じろじろ見るな！　減る!!」

(え!?　減るの？)

咄嗟に狼が彼から大和を引き離したが、その一言に大和は更に困惑した。

だが、ドン・ノラは、狼のことなど気にしない。

今一度大和の顔に自分のそれを近づけてくると、

「君、北の生まれでしょう。北の風の匂いがする」

「――はい。北海道出身です。え？　わかるんですか？」

「まあね～。私も北の出だから」

（そうなのか～）

ただ、この何気ないドン・ノラの一言が、大和の彼への警戒心を解いた。

同郷の出だと知っただけで、自然と仲間意識が芽生えるのは、東京在住の地方出身者同士ならではだ。

「ところで、代々木さんのほうは、まだ来ていないんですか？　その、人間の方は」

「今日は仕事で来られないんだ。まあ、よく働くよな――人間って」

「……そうですか」

とはいえ、大和は代々木公園に出入りしている人間と会えなかったのは、かなり残念だった。今日こそ自分以外にもいるだろう、狭間世界に出入りする人間と出会えると思い、楽しみにしていたからだ。

「ドン・ノラ。そろそろお時間ですよ。皆、もう揃っております」

それでも鳩会長の声かけで、ドキドキがワクワクへ変わっていく。

「――そう。そしたら開会の合図を」

「承知しました」

鳩会長が片手を上げると、グラウンドを囲む木々の中から、いっせいに鳩が空へと飛び立つ。

その光景は、まさにスポーツの祭典さながらだった。

「よし！　最初は〝みんなでよちよちポテポテ〟だ！」

大和は、いつの間にか二つのテントを中心に集う、それぞれの動物たちを見渡した。

日頃見ないだけでこの場には、様々な種類の野生動物に野鳥たちがいた。


「よーいドン！」

そのかけ声から始まった最初の競技は、〝みんなでよちよちポテポテ競走〟で、永と劫と、これに近い月齢の子たちが六匹ひと組で二十メートルほどを走るものだった。

「いけー！　たぬくん」

「ぴょんちゃん、がんばって！」

それこそグラウンドのラインの中央で、ちびっ子たちを走らせて。

それをぐるっと囲んだ大人たちが見て、ヒヤヒヤしながら声援を上げるという、なんとも可愛らしいものだ。

最初に騒ぎを起こした者たちまで含めて、すでに癒されムードになっている。

「可愛い～。やっぱり可愛い～。永ちゃんも劫くんも頑張れ～！」

よちよちポテポテ、よちよちポテポテ、犬もウサギも猫も狸も——と、とにかくみんな一生懸命だ。

「あんあん」

「きゅおん」

「永さん！　もうすぐですよ！」

「ごうちゃん、こっちこっち！　頑張れ！」

半ば転がったほうが早そうなムチムチもっふりボディーの永と劫も、一生懸命走って二着と五着で烏丸と未来のもとへゴールした。

中には小鳥や野ねずみのちびっ子たちもいて、ちょっと目を離すとどこへ行ったかわからなくなる。

だが、だからこそ見るほうも、コースアウトした子を追いかけるほうも真剣だ。

（可愛い～っ。こんなに可愛いが溢れた運動会は、初めて見るよ！　もう、いっそ学芸会とかお遊戯会（ゆうぎかい）とかもしてくれないかな？）

大和はこれだけでも、すでにジタバタしそうになっていた。

本当ならば、スマートフォンのカメラで思い出のシーンを撮りまくりたいところだったが、そこは誰に相談することもなく自主規制とした。

実際、獣人化で運営スタッフとして、尻尾を振り乱して走り回っている狸たちにしても、またどの子の親もそんなことはしない。

記憶や思い出にしか残せないものだからこそ、見ることそのものに必死になれる。

大和はふと、

(でも、自分のスマートフォンを持つまでは、こんな感じだったよな)

——などと思った。

〝次は幼児たちの『一緒に来て来て借り物競走』で〜す。参加者は第一ゲートに集合で〜す〞

そうして二種目目は、借り物競走だ。

とはいえ、この場のことなので、何を借りるわけではない。

観客席に一緒に走ってくれる相手を迎えに行って、そこからゴールをするだけだ。

未来はこの競技と最後の選抜リレーに出ることになっている。

「頑張って、未来くん！　あ！　でも、転ばないでね！」

そうしてここもまた六匹ひと組で、よーいドン！　だ。

ただし、この幼児競技は獣人化できる子たちの参加だったので、みんな耳ピョコンの尻尾ポンだった。

（可愛い――。何この、各種族幼児たちの耳や尻尾の破壊力――。ウサギも狸もみんな可愛い。てか、馬と羊って、普段どこに住んでるんだろう？　また気になる子たちが現れたよ！）

ここはもはや、人を駄目にするシリーズレベルで、大和を駄目にする楽園だった。

だが、半泣き寸前でニヤついていると、未来のいた組がスタートラインから勢いよく走り出した。

トップの未来は、まっすぐに大和のところへ走ってくる。

「大ちゃ～んっ。来て～！」

「え⁉　僕でいいの？　僕、足遅いよ」

「大ちゃんがいいのー。みんなで一番好きな人とゴールしよーねって、約束したから～」

「――未来くん！」

この時点で、本日の大和は喜びのあまり使い物にならなくなった。

未来と手を繋いで走っていくも、嬉し涙で前が見えない。

ゴールで躓き、ドタッと転んで未来をビックリさせても、

「大ちゃん、大丈夫？」

「ふふふ。へへへ。うん。全然痛くないよ」

この調子だった。

一緒に見ていた狼や烏丸、孤塚は、この時点で「あーあー」と苦笑いだ。

「あんあん」

「きゅおん」

大和が転んでもはしゃいでいるのは、そういう年頃の永と劫だけだ。

（もう、何が来ても可愛いし、楽しいよ〜）

しかし、そんなこんなでニヤニヤが止まらなくなった大和だったが、三種目あたりからは、見てわかるくらい顔が引きつってきた。

「――え⁉　待って。どうしたら〝可愛いリスたちの胡桃転がし〟が〝気合い入りまくりの空中ドッジボール〟になっちゃうの⁉　というか、代々木のほうにモモンガが混じってませんか？　あれ、ずるくないですか⁉」

最初は可愛く胡桃転がしをしていたリスたちだったが、競技中に何が起こったのか、突然みんな外周先の森へ移動した。

その後はあれよあれよと木に登り、一匹一個持参の胡桃をぶつけ合って、木から叩き落とすという競技に変貌していったのだ。

しかも、いつの間にかサイズ違いのモモンガまでもが加わった。

「――あ、新宿側にムササビが飛び入りした。なんか、ずるさが逆転してる！」

かと思えば、今度は更に大きなムササビだ。

大和は思わず横に立っていた狼に訴えた。

「楽しければいいだろう」

「でも、あれ！　楽しいんですか？　胡桃って堅くて痛いですけど、バンバンぶつけ合ってますよ」

このあたりは超えることのできない価値観の違いなのか、狼だけでなく見ているみんなが笑っている。

「――あ！　え⁉　とうとう食べ始めた？　うそ、あり⁉」

その上、ぶつけ合って割れたのか？

もしくは、そうと見せかけて、実は「これ、食っちまおうぜ」になっていたのか、みんな木から下りると、胡桃の実を必死に食べ始めた。

あっという間に両の頬が膨(ふく)らんだリスだらけになる。

「わ～っ。みんなでおいしー。仲良しだね、大ちゃん！」

「あ、だよね。確かに、ぶつけ合うよりは、全然いいよね」

――本当にいいのか⁉

よくわからないが、未来が嬉しそうに言っていたので、ここは「よし」とした。

だが、大和が思い描いた「可愛いがいっぱい運動会」の崩壊は、すでに始まっている。

「えええ⁉　〝さえずりちゅんちゅん・小鳥たちの可愛い障害物レース〟が！」

映画でしか見たことがないが、まるで戦闘機のドッグファイトのようになっていった。

「大和。リスもそうだが、見た目だけで小動物を可愛いと思うなよ。野生動物は常にデッドオアアライブだ。こんなの普通だ。むしろ、今日は控えめだ。そろそろ思い出せ。ことの発端が、いつもは境内で豆食ってそうな鳩たちの仁義なき戦いだったってことを」

すっかり落ちた肩をポンと孤塚に叩かれる。

「……はい」

確かにすっかり忘れていたが、それはそうだという話だった。

しかも、こうなると成獣たちの徒競走やらリレーやらは、もはや食うか食われるかの死闘にしか見えなくなってくる。

「──野ウサギ、早っ‼　でも、狼さんカッコイイ──‼　孤塚さんもなんか、いつもと違う～っ‼」

先にアナウンスで〝これは競技です。競技です！　そこは絶対に忘れないように〟と流れて、実際に本人たちも忘れてはいないようだ。

それでもスタートダッシュを決めた野ウサギが、代々木公園や新宿御苑でも名の知れた伝説ランナーたちだったことから、もう狩りにしか見えない。

「うわわわっ！　それもう、コースアウト！　駄目ですよ、狼さん！　孤塚さん‼　間違ってもここで食いついたら、駄目っっっ」

「大丈夫だよ、大ちゃん。狼ちゃんたちは、久しぶりに追っかけるのが、楽しいだけだから」

「でも、未来くん」

「あれは、野ウサギたちが煽りましたね。というか、野ウサギのほうは雌ですよ。イケメンな狼さんたちに追いかけさせて、完全に喜んでます」

「――それは、ありなの？　烏丸さん」

「ははははは」

最後に未来も参加していた〝幼児も大人もみんな一緒にばびゅーん！　選抜リレー〟で可愛い走りっぷりを見なければ、大和は複雑な気持ちでいっぱいで頭を抱えるところだった。

だが、それでも全競技が終了し〝みんなで仲良く親睦会・お待ちかねのお弁当タイム〟へ突入したら、美味しい顔でいっぱいだ。

「それで、運動会はどっちが勝ったんだ？」

「知らねー！　それより、この稲荷、超美味だぞ！　さすがは狼さん」

「ドン・ノラ氏のパスタ尽くしもすげーしな」

「うんうん。最初は親の敵みたいに大量のパスタがあるなと思ったが、全部形も味も違っておもしろうま～い‼」

「くるっぽ～っ」

誰も勝敗を気にしないどころか、よくよく考えれば、誰もレースごとの勝敗を点数化していない。

それどころか、途中で食い逃げに走ったり、場外競争になっていたりで、きちんと成立した競技のほうが少ないので、勝敗そのものがつくはずがない。

だが、それがかえっていいのだろう――と、大和は思った。

「美味しい！　海苔巻きもお稲荷さんも酢飯が絶品！　しかも、ドン・ノラさんのパスタが、なんか本場の家庭料理！　小分けカップに入っているから食べやすいし、スープパスタもあるから、狼さんのご飯ともすごく合う！」

やはり、美味しいは正義だ。

可愛いも正義だ。

みんなで飲めや歌えやで大盛り上がりで、運動会も親睦会も大成功だ。

「すごい！　狸さんたちが浮かれて腹鼓を打ち始めた！　生の狸囃子ライブとか、生まれて初めて見るよ！」

「そうなの！　未来、ぽんぽこさん大好きだよ」

最後は総勢三十匹はいそうな狸囃子で、参加者全員が大はしゃぎだ。

――が、これが思いがけない悲劇を生んだ。

突然快晴の空に雨雲が広がり、雷が光り、ドカン――と落ちたのだ。

「えええっ!? 待って！ これってまさかゲリラ豪雨!?」

おにぎりを持って慌てる大和の肩を、「大丈夫だ」と狼が掴む。

「雨は降らない。ただ、天界の神たちが〝もう少し静かにしろ〟ってことで、落としてきただけだ」

「えっ!? ここの神様は、文句を言う代わりに雷を落とすんですか!? あ、でも、それが雷を落とすって言葉になってるのかな？」

そうして、思い出す。

そもそもこの狭間世界は、人間が住む世界と神々が住む世界の間にあるから狭間世界なのだ。

（でも、人間界にこの騒ぎは伝わってないだろうから、そういうところは一方通行なのかな？）

大和は容赦なく落ちている雷を見ながら、ふと考え。

「え～っ。神様、許して～っ。楽しい運動会だよぉ～っ！」

「あんあんっ！」

「きゅお～んっ」

だが、未来をはじめとするちびっ子たちが、空へ向かってお願いをすると、雷はピタリと止まった。

雨雲も消えて、あっという間に空が晴れて、元どおりだ。

（――止まった。さすがに神様も、子供たちには弱いってことなのかな？　というか、家に帰ったら、この世界の謎めいたルールをメモしておく？）

大和は、再びおにぎりをモグモグしながら、未来たちと空を交互に見ていた。

「ところで、大和」

すると、突然背後からドン・ノラが声をかけてきた。

「はい」

「今度うちにも遊びに来ない？　なんか――、君ならこっちの門とも相性がいい気がするんだよね～。鍵が合うっていうか、さ」

「え!?」

肩越しに顔を近づけて、そっと耳打ちをしてくる。

これもナンパといえばナンパなのだろうか？

（鍵が合う？　それって、旧・新宿門衛所以外でも出入りができるってこと？）

それ以上に、大和の中で「鍵」という言葉が気になった。

二つの世界を行き来する門を出入りできる人間は限られている。

それは以前、狼からも説明されたが、各場所に設置された門や、その管理人たちとの相性がいいかどうかだ。

これを彼らは「大和に鍵があれば」と表現した。

目には見えないが、出入りするための資質を、彼らは「鍵」と称しているのだ。

「だめ！　大ちゃんは未来たちのお友達！」

「あんあん！」

「きゅおん！」

しかし、これを聞いていた未来と永と劫が、猛烈に怒った。

「そんな〜。みんなで仲良くしないと駄目だろう？　ね〜、大和」

ドン・ノラがわざとらしく大和の肩を抱いた。

だが、これに未来たちが毛を逆立てた。

「だーめーっっっ‼」

「あん！」

「おん！」

いっせいに叫ぶと、周囲にいた小鳥たちがいっせいに空へ舞い上がり、ドン・ノラ目指して急降下し始めた。

それこそ先ほどのドッグファイトさながらの勢いでだ。

「うわぁぁっ！　別サ。わんつか、挨拶がわりばしただげだばのねか！　痛でっ。痛でっ。やまなぐろ！」

　さすがにドン・ノラも逃げ出した。

　が、ここで大和はハッとした。

「──え⁉　もしかして、聞き間違いでなければ、あれって津軽弁⁉」

「あ〜。やっぱり、出ちゃいましたね」

「どんなに気取っても、ホンドオコジョの生息地は東北方面。しかも、あいつは無理して共通語を頑張ってるが、根は郷土愛に溢れた奴だしな」

　烏丸と狼が、逃げ回るドン・ノラを見ながら、やれやれと呟く。

「それで北の風がなんちゃらって言ってたんですね！」

　だが、北は北でも大和は北海道。東北青森とは近いが、これこそ似て非なる部分が山とある。

　それこそ郷土愛比べとなったら、大和もドン・ノラにも負けないぞ！　だ。

「痛でっ。痛でっ。なきやも、いい加減しろ〜っっっ！」

　そうこうしている間に、鳩会長がドン・ノラを庇って動いたことで、小鳥たちと鳩たちが大騒ぎ。

　最後は他の野鳥たちも巻き込んだことで、再び烏丸が最大サイズのドン！　だ。

「いい加減にしなさいと言っているでしょう！」

ここでも半分くらいの野鳥たちが飛ばされた。

今度は世田谷（せたがや）方面だ。

しかし、すっかり小突きまくられて、ボロっとなっても、ドン・ノラは大和に向かってこう言った。

「私と君とは、青函（せいかん）トンネルの仲だろう！」

——どんな仲だよ‼　と、思わず突っ込みたくなった。

「いや、でも！　ドン・ノラさん、すごいよ！　おもしろすぎる‼　ナンパなんかされなくても、お友達になりたいかも」

それでもドン・ノラは、何から何まで大和の可笑しいツボに填まったようだ。

それに「あいつは変だ」と言いつつ、狼たちもドン・ノラが郷土愛に溢れる、狭間世界の管理人仲間であることは認めている。

悪い人でも獣でもない——という、何よりの証だ。

「えーっ！　大ちゃんは未来のお友達っ！」

「うん！　もちろんだよ。未来くん、大好き！」

「やったー‼」

未来には新たな友達ができたことで、少し焼かれてしまった。

しかし「じゅるい」は出てこなかったので、孤塚のお泊まりほどは、問題視されていないようだった。

# 9

その後もどんちゃん騒ぎは続いたが、夕方にはお開きとなった。

オチとしては、烏丸にぶっ飛ばされていたので、今後の仲が急速によくなるかどうかはわからないが、それでも親睦イベントとしては成功したようだ。

ただ、未来や永・劫といったちびっ子たちは、楽しくも疲れたようで、途中でぐっすり眠ってしまった。

なので、ここは烏丸が一足先に〝飯の友〟へ連れ帰り。その後は何往復かして、狼たちを乗せていくことになった。

とはいえ、大和はドン・ノラや鳩会長の熱心な誘いから、帰りは代々木公園の門を抜けて人間界へ戻ることになった。

さすがにそれはどうなのかと思ったが、「行くなら俺も一緒に付き合うよ」と孤塚が言ってくれたこと。

また、「通れることがわかれば、何かのときに役に立つかもしれないし。管理人抜きで入れるかどうかは、わからないが。少なくとも出ることはできるから」と狼が勧めてくれたこともあり、通ってみることにした。

（ここが、代々木公園の門――）

だが、これがよかったのか、悪かったのか⁉

「うわっ！　すごい人‼」

「ああ――。ここは、しょっちゅうコンサートやスポーツの大会があるから人通りが多くてね」

大和たちは近くのホールから出てきたものすごい数の女性たちの波に、もう少しで呑まれるところだった。

これには孤塚も「ひっ」となる。

普段女性相手の仕事をしていても、さすがに三千人規模で一度に流れてきたら逃げ腰だ。

これればかりは、慣れも何も別物ということだろう。

「あれ⁉　大和！」

「深森！　あ、ってことは、そうか。ドリドリか」

だが、この人数の中で考えたら、これこそ神憑り（かみがか）的な偶然だが、大和はコンサートグッズやうちわを詰めた袋を手に、浮かれる深森とはち合わせをした。

この時点でドン・ノラと鳩会長は「それでは、私たちはここで」と別れたが、孤塚はむしろ、ここで大和と離れて波に呑まれたくなかったのだろう。

かといって、今更こんちゃんになって大和に抱っこをねだるわけにもいかないので、同行することにした。

帰宅方面はさておき、まずは三人で最寄り駅である原宿(はらじゅく)駅へ向かうことになったのだ。

「楽しかった？」

「当然よ〜。ばっちりお手振りももらったんだから！」

しかし、この選択が更なる偶然と悲劇を呼んだ。

「孤塚ちゃん！　そんな女と一緒に――どういうことよ‼」

「‼」

なんと、原宿駅方面から歩いてきた兄貴の妹、孤塚に熱を上げていた女性とまで、はち合わせをしたのだ。それも彼女の目には大和の姿は映っていなかったのか、一緒にいた深森を指差し、激高した。

形相を変えて走り寄ってくると同時に、帰り際にカジュアルスーツ姿に変化していた孤塚の胸ぐらを掴み上げたのだ。

「だいたい、お兄ちゃんに何を言ったの！　諦めろだとか、もう店にも行くなとか言われて、意味がわからない‼」

「痛っ！」

突然のことすぎて、孤塚も思わず素で声を漏らした。

「やめてください！　駄目です。ちょっと待って」

だから、孤塚の服は毛皮なのだ。

引っぱられたら痛いのだから——と、大和も慌てて止めに入る。

「やめなよ！　いきなり、何？」

また、ここで深森が一緒になって女性を引き離したのは、反射的なことであり、特別な意図はない。

しかし、これが火に油となった。

「うるさい！　なんなのあんた！　私は、ずっと孤塚ちゃんを推してきたのよ！　毎日店に通って、大金を払って、ナンバーワンを支えて。それなのに、どうして。なんで。こんな、見てわかるようなオタク女に取られなきゃいけないの！　しかも、現世のドリーマーとか超最悪っ‼」

女性は完全に深森を孤塚の彼女と勘違いしたのか、孤塚を突き放すと同時に、深森に向かって吠えた。

しかも、大和にはよくわからないことまで叫んでいるが、彼女がアイドルオタク、特に深森の好きな男性グループ〝ドリドリ〟事情に詳しそうなことは、話の端々からわかる。

なぜなら「ドリーマー」というのが、深森のようなドリドリのファンの名称だ。

すでに、最初にグループができ上がってから二十年近く経っており、メンバーが入れ替わっていることから、その世代によって呼び分けられているようだ。

なので「現世」は今現在のファンのことである。

――が、これが更にこの場での話をややこしくする。

「は⁉　何か最悪よ。現世で何が悪いのよ！　こっちは創世からよ。人柱ドリーマーを嘗めないで。だいたい推しとか大金払ったとか、追っかけたらそんなの必要経費でしょう。何、当たり前のこと言ってるの。馬鹿じゃないの！」

自分自身に絡まれたならまだしも、現世ファンそのものを最悪と言われたことで、ぶちぎれたのだ。

「なんですって！　アイドルと一緒にしないでよ。こっちは一晩で全国ツアー制覇できるくらい突っ込んできているのよ」

「そんなの自己満足でしょ！　私だってこれまで車の一台、二台買える分くらいは使ってきたけど、そこまでさせてくれる彼らに出会えたことに、感謝してるわ。ってか、それがプロファンでしょう。だいたい追っかけている時点で、推しが命削って発してるエネルギーをもらっているんだから、そこでもうトントンじゃない。その上、プライベートまで何を求めようって言うのよ。このド素人が！」

「うっ！」

ただ、ここで深森が放った言葉の数々が、彼女には深く刺さったようだ。

（――プロ！　あ、だから遊びのプロであれなのか）

同時に大和の胸にも刺さった。

どうしても理解できなかった「接客のプロ」の対語として使われた「遊びのプロ」だったが、こうして遊ぶ側から言われるとよくわかる。

しかし、多少スッキリしたのは大和だけで、余計にわけがわからなくなった孤塚は、完全に逃げの体勢に入った。

周囲の目が彼女たちの口論に向けられた隙に、自ら省エネ化して、大和の懐へ逃げ込んだのだ。

「――え⁉　ここでそれってずるくないですか」

「俺は帰ったと言っておけ」

「……そんな」

こそこそと脇腹あたりへ回り込んで、しっかり掴まって姿を隠す。

やっていることは最低だが、それでも必死に隠れている姿が可愛いくて、大和にはどうすることもできない。

仕方なく、孤塚が落ちないように支えながらも、彼女に「あの――」と声をかけようとした。

肝心な孤塚がいなくなったら、彼女がこの場にいる必要もないからだ。

「私――、私だって創世だったわよ。一生人柱って覚悟して――。けど、ひーくんが最後にセンターになって、卒業・引退しちゃったから、私はもう無理ってなっただけ！　でも、どうしてもこの推し癖が抜けないのよ！　普通の男と付き合っても貢いで駄目にしちゃうし。それでホストならって思ったけど、やっぱり推しちゃって。けど、ひーくんと違って、側にいるのに自分のものにならないことに、納得ができなくて」

だが、孤塚が消えたことにも気づいていない彼女だ。

大和の姿が目に入るはずもなければ、声が届くわけもない。

ここへきて、彼女の目には深森しか映っていない。

「――え!?　そうなの!?　やだ！　ひーくんと一緒に引退って、むしろ貫きじゃない。私は、ゆっくん推しだったけど一緒に引退はできなかったし――、逆に尊敬するわよ」

しかし、それは深森にも言えた。

大和が「あの」「ねぇ」と声をかけても、聞いちゃいない。

すでに、ひーくんとかゆっくんって誰!?　の世界だ。

「人柱から逃げたって言わないの？」

「言うわけないでしょう。それはそれで王道だもの。ってか、それなら逆に帰っておいでよ。来週の同窓会プレミアライブには、ひーくんもゲストで来るのよ。実は友人が、ひー担だったんだけど、来れなくなって。チケットの余分があるんだけど、できれば、ひー担に譲ってって頼まれてるの」

「うそ！　いいの？　いや、でも――それは、駄目よ。同窓会チケットってことは、初代からの勢揃いでしょう？　すごいプラチナじゃない。私みたいな、中抜けしたのが行っていいものじゃないから」

「ううん。その言葉がさらっと出てくるだけで充分よ。それに、ひーくん推しなら、多分現世にも何人か好みの子が見つかると思うよ」

「そうなの⁉　え――、そうしたら、お言葉に甘えようかな？　やだ、今になって横アリとか、超健全なんですけど！」

「まあ、ホストクラブ通いよりは――ってだけで。やってることは大差ないと思うけどね。あ、そしたら、連絡先の交換からいい？　時間あるなら、お茶できるけど」

「行く行く！」

しかも、大和にとっては外国語に等しい、意味不明な会話が飛び交ったのちに、深森と彼女は肩を並べて、先に駅のほうへ行ってしまった。

こうなると、孤塚を抱えて残された大和も呆然だ。

「――え？　彼女にはチケット譲っちゃうの？　ってか、妹さん。孤塚さんが消えたことに気づいてないの？　――あ、だからあのとき兄貴さんが、やっと生身の人間相手に目が向いたと思ったのに——とかなんとか言っていたのか！　ようは、元々は彼女、アイドルファンだったんだ。それも深森が意気投合するハイレベルな」

一つ一つ状況を確認するも、すべての内容が自分には強烈すぎる。

そもそも人柱だのという言葉が出てきたあたりで、もはやこれこそが異世界だ。

「でも、この分だと妹さんはドリーマーに戻るっぽいから、孤塚さんの騒動は、本当の意味で円満解決なのかな？　でも、これって孤塚さん振られたってことになるのかな？」

それでも、思いがけない理由で、省エネこんちゃんを抱っこできたので、大和はよしとした。肩にかけていたリュックの口を開くと、周りの目につかないようにしつつ、孤塚を移動させる。

「——は⁉　フラれてねぇから！　俺は去る者追わずだから！」

「そっか。でも、兄貴さんのほうは、これからも〝こんちゃん推し〟ですもんね。それでいいか」

そこから先は、また未来が「じゅるい」と言いそうだが、リュックごと抱えて新宿へ戻った。

「いいわけねぇだろう！」

聞き捨てならない言われ方に憤慨する孤塚を時折撫で撫でしながら、三連休の初日を大満足で終わらせたのだった。

本書は書き下ろしです。

SH-058

ご縁食堂ごはんのお友

仕事前にも異世界へ

2021年6月25日　第一刷発行

著者　日向唯稀

発行者　日向晶

編集　株式会社メディアソフト
〒110-0016
東京都台東区台東4-27-5
TEL：03-5688-3510（代表）/ FAX：03-5688-3512
http://www.media-soft.biz/

発行　株式会社三交社
〒110-0016
東京都台東区台東4-20-9　大仙柴田ビル2階
TEL：03-5826-4424 / FAX：03-5826-4425
http://www.sanko-sha.com/

印刷　中央精版印刷株式会社

カバーデザイン　長﨑 綾（next door design）

組版　大塚雅章（softmachine）

編集者　長塚宏子（株式会社メディアソフト）
印藤 純、菅 彩菜、川武當志乃、山本真緒（株式会社メディアソフト）



ISBN 978-4-8155-3529-2

SKYHIGH文庫公式サイト　◀著者＆イラストレーターあとがき公開中！
http://skyhigh.media-soft.jp/